亲爱的女儿

[韩] 孔枝泳 著

陈冰冰 译

四川文艺出版社

新经典文化股份有限公司
www.readinglife.com
出　品

妈妈想要告诉你，

你是最珍贵的。

要永远地珍惜自己，

爱护自己。

目录

生活也是这样，

如同走路一般，向前迈开你的脚步，过好眼前的这一瞬间。

只要这一瞬间能够过得充实、有意义，

能够绽放出最美的光彩，能够充满乐趣而又富有价值即可。

第一章

漫步人生路

第一道菜

梦想也会化为泡影

沮丧落魄的日子，来份菠菜沙拉

偶尔会有那样的日子吧。别人一句无足轻重的话，却让你心情沮丧，甚至一整天都郁郁寡欢，突然间，好像所有的希望之门都关闭了，永远地被打入黑暗之渊。只要付出努力就有可能实现的梦想，却在一瞬间都化作了泡影，仿佛还有人在向你耳语："别费劲了，你没戏。这个舞台根本不是为你而搭建的，你完全不够格，没你的份儿。"

那样的日子要做的事情

或许还有这样的日子，莫名地感觉怒火中烧，平日里无关紧要的人，你却因为他一件颜色不搭的衬衣，而变得怒不可遏，甚至无法忍受电话里妈妈的声音，只想抛弃或者毁掉所有的一切……孩子，谁都会遇到这样的情况。这样的日子，妈妈会安静地做一个倾听者，并且告诉你，这样很正常，妈妈愿意分享你的痛苦，还会提议一起去吃顿大餐。现在，妈妈也不能经常在你身边了，所以就靠书信交流吧。妈妈经历过多少那样的日子，现在已经数不清了，作为人生前辈，妈妈想跟你分享一下自己的经验。

第一，先确认一下，是不是快到生理期了（荷尔蒙有着超乎你想象的魔力，虽然听起来有些伤心，但现实就是如此）。

第二，一定要做自己最喜欢的事情。看看电影，听听音乐，或是读本书，或是见见最好的朋友；要不就去看一场能够让你捧腹大笑的喜剧。或者鼓足勇气，让搓澡师给搓个澡，或者做一次精油按摩（足底按摩也可以），去美甲店做个指甲也是不错的选择。

关键在于，这种情况其实是精神方面的问题，如果一味地想通过思考来解决的话，那么只会把问题弄得更糟。这个时候，可以采取一些迂回的策略，通过身体方面的活动来缓解这种情绪。具体的内容不限，只要是跟身体相关的、能够让自己心情愉悦的都可以。像跑步啊这些运动都不错，但是不能过量，如果给身体造成负担，那就不如选择上面的方法。

等等，可不要说没有钱做这些啊。当然，如果真到了连买大米的钱都没有的程度，妈妈也不再说什么了。但是上次，你因为伤心而暴饮暴食，一口气点了两人份的炸鸡，还吃了方便面，喝了几瓶啤酒，跟这些花费比起来，那些费用也不算贵吧。

第三，也是最重要的一点。首先慢慢地做十次深呼吸（这可不简单哦），边呼吸边告诉自己，这种情况之前发生过，以后还会碰到，没有人可以免受干扰，除非是得了“笑病”的患者。既来之则安之，在这样的日子，就按照妈妈的配方，做一道料理吧。

材料就是菠菜。准备一捆新鲜的漂亮的菠菜，橄榄油少许（没有的话用葡萄籽油，玄米油也可以，不建议使用转基因的玉米油。趁这次机会，买上一瓶对身体好的食用油吧，反正以后也还要继续用），还有一些帕马森干酪粉，就这些。

“任性地”撒干酪粉。完成！

首先把菠菜洗干净，放到一个稍大一点的盘子里，摆放得漂亮一些。一捆菠菜的量很多，先这么装进盘子里试试，应该还会剩下很多。把剩下的装进干净的塑料袋里，然后把袋子扎紧放进冰箱。实际上，应该先把菠菜放在盐水里焯一下，然后再放进冰箱冷藏，这样会更好一些。因为今天的主题是“治疗抑郁的配方”，所以这些就留到以后再说吧。如果今天的菜味道还不错的话，明天再取出来做着吃就可以。大力水手已经强调过菠菜的好处了，不过要一下子把菠菜的功效都说全，还得花费点时间。菠菜含有丰富的维生素A、B、C，还有很多名字复杂、对身体特别有好处的氨基酸。总之，菠菜可以让皮肤变得光润，可以预防便秘，去除酒糟斑，还可以让眼睛更加明亮……剩下的就边吃边发现吧！

下面说一下料理的顺序。先用手把菠菜掰成大约能一口放进嘴里的长度（用刀子切也可以，但是用手掰的话会更美观，味道也更好），然后漂亮地摆放到盘子里。如果叶子比较多的话，那就去掉一些茎。在上面稍稍倒上一些橄榄油，然后可以“任性地”撒上帕马森干酪粉。（如果你平时点比萨吃的时候，把附带的一次性包装的帕马森干酪粉收集起来，这个时候就方便多了。）完成！

你问这道菜的味道？做这道菜总共不用花费五分钟，还是自己尝试着做一次吧，或许今后你每天都想吃这个。

刚刚还说没有时间的朋友突然要登门造访，而家里又没什么可吃的，这个时候就可以用这道菜来招待。如果觉得有点寒酸的话，那就在上面讲究地撒上一些杏仁薄片（这个最好也备上一袋，把它们撒在食物上，看起来既奢华又美味），花生碎也不错。如果还是觉得不满意，就把圣女果或者西红柿切成漂亮的小块儿，拌到菠菜沙拉里。如果来做客的朋友比较挑剔，又偏爱饱腹感的食物，那就买一些牛油果切好拌进去。黄瓜也很不错，可以根据自己的口味选择配菜。

白色或黑色的陶瓷盘里，盛上深绿色的菠菜、黄色的干酪粉和杏仁薄片，还有红色的西红柿，橄榄绿的牛油果，或者是淡绿色的黄瓜。如果想要更完美一些的话，也可以把黄色或者红色的彩椒切成小块，放在沙拉上作为点缀，非常漂亮。这样端出去的话，应该够档次吧。不过话说回来，光在菠菜上倒点儿橄榄油，撒点儿干酪粉，就已经很完美了，这就是这道菜出彩的地方。

菠菜沙拉是一道非常适合招待客人的开胃菜，也可以搭配松脆可口的法棍面包或者烤吐司片，非常美味。

干脆再准备一张干净的餐桌或桌子，把这道菜放到桌子上，然后再倒上一杯葡萄酒，会更有感觉。根据妈妈的经验，白葡萄酒配菠菜沙拉更好一些。在家里备一瓶国产葡萄酒，平时做菜的时候放进去一些，在这种日子，又可以直接拿出来享用。如果酒量小或是非常疲惫的时候，可以在酒水里加上点儿冰块，或兑上冰水也很不错。你说葡萄酒不是这样喝的？哎，不要本末倒置了，怎样吃喝还不都是由自己决定。谁也不会拍下来，然后把你告到警察局，说这人吃东西太奇怪了。而且也不用担心，这本来就是从法国朋友那里学来的。

好，现在可以慢慢享用你的沙拉了。怎么样？心情有没有好点儿呢？这么精心准备的色泽鲜美的绿色美食——菠菜沙拉，是绝对不会让你失望的。如果这时候再来点舒缓的轻音乐，就更美妙了。

蝌蚪总要变成青蛙，没有痛苦便不是完整的人生

还记得小的时候，妈妈经常跟你们说的话吗？就是当你们不

好好吃饭的时候，或许是因为不想吃故意耍小聪明，或许是因为挑食闹别扭，这时候妈妈就会把你们的餐盘收走，偶尔还会对你们说一些狠心的话，还记得吗？

“不想吃就别吃。反正现在很多人都是因为吃太多才撑出毛病来，少吃一顿也不会饿坏。”

当时妈妈觉得，为了改掉你们挑食、偏食的坏毛病，偶尔说几句狠话也是理所应当的。而且，的确有很多人因为营养过剩，导致心烦气躁，甚至患上抑郁症。

妈妈的一位朋友有这样一个习惯：发现自己开始对孩子唠叨时，就会从那一刻开始断食一天。我一开始觉得有点奇怪，但现在非常理解了，而且颇有同感，有时候也会尝试一下。肉体是灵魂的家。就像每周都要给家里进行一次大扫除一样，身体也需要偶尔清空一下，注入一些新鲜的空气。而且，我们偶尔也需要停下来，倾听一下灵魂的声音，让自己不被欲望盲目地驱使。

现在，沙拉都吃完了吗？好久没有一个人喝酒了吧？如果感觉有些微醉，就去泡个热水澡。最好在热水里多泡一会儿。这个很好，妈妈强烈推荐。事实证明，温热疗法对治疗抑郁症很有效。如果没法泡澡的话，那就穿上保暖的袜子，盖上暖暖的被子，然后舒服地躺下来。对了，我们还是说身体吧，这是最重要的。

最好备一小瓶薰衣草精油，这个平时也会常用。不要买人工的精油，一定要挑选纯天然精油，五毫升一瓶的大概要一万韩元[①]，一瓶大概可以用一个月，但肯定物有所值。将少量的薰衣草精油倒在手上，和擦脸的乳液混合在一起，然后擦到耳朵后面，或者混合着身体乳，均匀地涂抹到全身。薰衣草精油有镇定的效果，可以安神，放松肌肉，还有杀菌消炎的作用。一般像这样的日子，脸上还会冒出一些小痘痘来，所以在这个时候使用薰衣草精油，就会收到“一箭三雕”的效果。

这些都做完以后，找个最舒服的姿势躺下来，用轻松的心态，记下今天所发生的事儿，不要写得太深刻了。也许在写的过程中，那些让你感到痛苦、郁闷的事情，那些话语和眼神，又会突然出现在你的脑海中，令你无比心痛，但不要逃避。如果今天无法做到，那就等到明天。如果真的痛到无法承受，也可以选择放弃。但是一定要记住，我们希望回避的、忽视的，或是希望从中逃脱的事情，往往是我们真正需要解决的问题，是我们必须要越过的山丘，也是让我们真正成长的钥匙。成长的道路上荆棘丛生，但只有勇敢地越过去，才能品尝到成长的果实。千万不要向这个疯狂的世界妥协，不要丢掉我们最后的尊严，让自己变成一个“没有灵魂的躯壳”。

女儿，当你一身疲惫、满身伤痕地回到家中，妈妈想要在你的枕边，轻轻地放上艾伦·贝丝[②]的一句话：

---

①约 60 元人民币。

② Ellen Bass，美国作家、诗人，代表作有《疗愈的勇气》等。

“所有好的坏的，最终都会成就自己。就像蝌蚪变成青蛙，蚕蛹化作美丽的蝴蝶一样，人类在经历痛苦和磨炼之后，才能真正成长起来。这就是人类的灵性。”

第二道菜

不公平的人生，让生活变得容易

感觉像“没妈的孩子”时，
来份鱼饼豆腐汤

秋日傍晚给我留下的印象，不是寒意，而是昏暗。至于对它的第一感觉，还真有些羞于开口，可以用“咯噔吓一跳”来形容吧。虽然是跟以前同样的时间出门，但是夜幕已经降临，天色也变得昏暗起来，我不由自主地加快脚步。就在这时，耳边突然传来一首熟悉的曲子——《有时，我觉得自己像个没有母亲的孩子》。这是一首很适合少年合唱团演唱的歌曲，用小号演奏也很不错。

妈妈在大学时代，常去一家名为“Oliver”的咖啡厅，就在梨花女子大学前面，非常有古典韵味，那里经常会放一些长长的古典乐曲，偶尔在中间也会穿插着播放这首曲子。那个咖啡厅不知道还在不在。当时咖啡厅播放曲子的时候，会在黑板上写上曲名和演奏者。在那家店播放唱片的是一位个子高高、四肢修长、穿黑色高领衫的男人。每次看到他大步流星地走过来，在黑绿色的木板上用白粉笔写上这首曲子，我的内心都会一阵激荡。这种感觉直到现在还依稀记得。当时妈妈才二十一二岁，比你现在还小一些。虽然我已经有了一个比当时的自己年龄还大的女儿，但是现在听到这首歌，还是会感到一阵寒噤，只希望快点回到家中。

说到音乐，其实到了我这个年纪，音乐更多的是一种回忆。花开花落是一种回忆，雨雪缥缈也是一种回忆。妈妈的朋友——

有时，
我觉得自己像个
没有母亲的孩子。

一位年长的奶奶，曾经这样对我说：“多经历一些事情，多体验一些生活。犯错并不可怕，可怕的是年轻人畏首畏尾，什么都不敢做。如果不能走出去，那就多看书或者电影，通过这些体会人生百味。等你老了以后，这些都将成为你的回忆。”现在，该是妈妈把这句话送给你的时候了。

秋日的傍晚还会唤起我们对钱的恐惧。当秋天夜幕降临的时候，我们往往会莫名地产生对死亡的恐惧，也许这种恐惧感一直深藏在基因里。也许是因为在过去，一到寒冷的冬天，食物就会变得紧缺，所以我们就开始忧虑钱的问题，让自己陷入过度的恐慌之中。明年春天要交的房租，甚至连八字还没一撇的结婚费用，都让我们感到无限忧虑。

其实，这些都是杞人忧天罢了。仔细想想，不管是昨天还是前天，我们从未拥有过很多的钱财。但是，又有什么时候，我们真的是因为钱感到幸福快乐呢？幸福，其实一直与金钱无关。妈妈说的是一般情况。

而且女人真的很奇怪，一旦开始考虑某件事情，更多的忧虑往往会随之而来，好像人生中的所有问题都必须在这三十分钟内解决，否则就会变得焦躁不安，像是被判了死刑一样。所以，秋天的傍晚会让人觉得更加疲惫。当冷风袭来，人们往往会本能地开始担心生存问题，再由此联想到钱，那么烦心事便会纷至沓来。昨天刚刚快递来的衣服，今天却要退货，就连这些生活琐事也让人疲惫不堪。妈妈原本以为只有自己会这样，但是看了《男人来自火星，女人来自金星》这本书才知道，约翰·格雷在书中也有类似的分析。虽然忧虑并没有消除，但神奇的是，当得知大家也是如此，我竟感到了一丝宽慰。

不公平的人生，让生活变得容易

记得你曾经气鼓鼓地对妈妈说："这个世界真不公平。"你说这句话的时候，从你的眼神中，妈妈能感觉到其实你想对我说："妈妈，请告诉我，事实不是这样的。只要我努力生活，友善待人，一切都会很美好。请告诉我，这个世界还是公平的。"妈妈也想这样对你说，但妈妈必须要告诉你：

"你说得对，蔚宁，这个世界是不公平的。绝对是不公平的。但当你接受这一事实的时候，你会惊奇地发现，这个世界其实又是公平的。"你眨着让人怜爱的眼睛，好像努力要弄明白其中的道理。但是，这岂是在你这个年龄能够明白的呢？实际上，妈妈也一直努力地想要弄明白。不过，这一点并不重要，重要的是，你必须要接受这个世界原本就不公平的事实。

这个世界到底有多不公平呢？我可以这样告诉你，坏人生活的地方同样也有明媚灿烂的阳光，这就是这个世界的不公平。那些作恶多端的人们，他们生活的地方同样绿意盎然；那些连残疾人也不放过的诈骗犯，同样可以看到皑皑白雪。一辈子无私奉献的老人，也许会在某一天早上因为一辆肇事逃逸车而丧命；终日辛勤劳碌的渔民夫妇，也可能因为一场突如其来的暴风雨，永远地消失在大海之中。

对，你的朋友中有一位是富二代，打着在外留学的旗号，都三十岁了，还从未考虑过自己的将来，每天过着吃喝享乐的生活；而另一位朋友的境遇却完全与之相反，被父亲抛弃，独自一人照顾病中的母亲，从早到晚都在拼命地工作，然而却连房租都付不起。偶尔见面的时候，这位朋友会抱怨："不要跟我说这个世界还有公平正义之类的话，只有那些衣食无忧的人才有资格谈这些。像我这样的人，连房租都交不起，甚至连死的权利都没有，只能在痛苦中煎熬。"这些话总让你的心情变得无比沉重。是啊，是这样的……

妈妈一直想问："是谁最早告诉你，人生本应该是公平的？"当你对我说"妈妈，我太累了"，妈妈也想要问你："是谁告诉过你，生活是简单的，生活中只有幸福？"但是，也不至于对这个世界绝望。生活本来就是不公平的，生活中不光只有幸福，也并非只有阳光大道，当你明白这个道理的一瞬间，人生的道路自然也变得平坦。这一点，妈妈可以向你保证。

喜马拉雅山的攀登者中，没有人会问："这里为什么这么冷？""啊，太累了，这里的氧气为什么这么稀薄？""为什么又冷又缺氧呢？”是啊，人生就如同攀登喜马拉雅山一样。不，也许比攀登喜马拉雅山更难。至少还没有听说过，有哪位喜马拉雅的攀登者会因为感慨“啊，喜马拉雅的天气不会再变好了，氧气也不可能变得充足”而郁愤自杀的报道。

但是不要因为这些就意志消沉。解释起来比较麻烦，如果一定用语言来表达，可以设想这样一个场景：假设有一位外星人在跟你网聊，他问你“地球人是怎么用两条腿直挺挺地站着走路的”，那么你该怎样解释呢？“先向前迈出一条腿，同时另一侧的胳膊也向前伸。另一条腿要以脚前掌为支撑，抬起脚后跟，稍稍向前带动身体，然后再向前摆动另一只胳膊，如此循环交替进行……”

啊，不用和外星人交谈，真的是一件非常值得庆幸的事情。就是走路嘛，只要我们的身体一直往前走就可以啊。

如同走路一般，简单自然地生活

蔚宁，生活也是这样，如同走路一般，向前迈开你的脚步，过好眼前的这一瞬间。只要这一瞬间能够过得充实、有意义，能够绽放出最美的光彩，能够充满乐趣而又富有价值就可以。虽然不可能一辈子都过得这么有价值、有意义，这么美好，这么充满乐趣，但是十分钟还是可以保证的。没错，这十分钟就是攀登喜马拉雅山的第一步，而无数个十分钟汇集在一起，就是我们的人生。所以，我们要过好眼前的每一瞬间。

为了这十分钟，在你回家的路上，顺便到街道拐角处的小超市里买一些宽宽扁扁的鱼饼和豆腐。如果有味道不错的秋萝卜，也顺便买一个吧。萝卜很耐保存，把萝卜清洗干净，放进保鲜袋里密封起来，存放一个月也不会变质。在切萝卜准备做菜的时候，可以尝几块白色的萝卜，水分比较多，比梨还要清甜爽口。萝卜有利于减肥和排便，你肯定知道吧?

如果有小银鱼和海带汤就好了，没有的话直接用水煮也可以。把萝卜切成手指那么粗的长条放进锅里（当然，萝卜怎么切都可以，只是这样切出来最好看，吃的时候也比较方便，而且还可以保留萝卜特有的爽脆口感)，再按照二比一的比例放进一些大酱和辣酱。如果锅的大小刚好适合煮一包方便面，那么放两勺大酱和一勺辣酱正合适。再放入鱼饼和豆腐，也差不多切成手指那么大，倒入一勺蒜和适量的葱，然后把汤煮开。汤煮到沸腾的时候，萝卜会变得透明，鱼饼变得柔软而又膨胀，豆腐也会变得非常有弹性。再根据自己的口味，放入一些酱油啊、盐啊，或者天然调料。完成!

这个汤虽然比较简单，但很奇怪的是，它却有一种妈妈煮的大酱汤和鱼饼汤的味道——鱼饼汤，我更愿意用“오뎅（Oden)”这一日语的表达形式，“어묵（Emuk)”是蒲鉾这种食材的名字，而“오

汤煮到沸腾的时候，

萝卜会变得透明，鱼饼变得柔软而又膨胀，

豆腐也会变得非常有弹性。

再根据自己的口味，放入一些酱油啊、盐啊，

或者天然调料。完成！

뎅”主要指的是食物的名称。[①]就像粉条是材料的名字，而杂菜是食物的名称一样。日本当年在朝鲜半岛推行日语，目的是为了羞辱朝鲜和闵妃。但我个人认为，日语本身并没有罪，所以还是选择了“오뎅”这个词。还有豆腐，不知道为什么，我总觉得这是特别有益于身体健康的食物……这道汤只要再配上米饭和泡菜就完美了，别的菜都是多余。汤的味道介于一般的煮汤和炖汤之间。

在煮鱼饼豆腐汤的时候，用手机听一听《有时，我觉得自己像个没有母亲的孩子》这首歌，你会意外地发现，大酱和辣酱在煮开后所散发出的香味，让你感觉自己不再是凄凉地客居他乡，而是跟着这首歌回到了故乡，回到了妈妈的家中。

要记住，现在你也是成年人了。所谓成年，就是小时候父母为你做的一切，现在都需要你自己去完成。爱情也好，关怀也好，饮食起居均是如此。

有没有什么东西，是你想要从妈妈这里得到，却没能得到的呢？说到这个问题，你可能会突然有种伤心落泪的感觉。在你的心里，其实一直住着一个孩子，今天晚上就跟他好好聊聊天。今天的夜晚很长，而你心里的那个孩子是那么美好，又有思想。

孩子，妈妈爱你。生活中有很多不公平，也有很多艰辛，但是妈妈非常感恩，因为我们能够一起去面对。多么美好的一个夜晚啊！

---

①“오뎅（Oden）”和“어묵（Emuk）”在韩语中通用，都是“鱼饼、鱼糕”的意思，오뎅（Oden）一词来源于日语；蒲鉾是一种以鱼浆为原料制成的日本食物。

第三道菜

如何去爱自己呢?

自尊心受挫的时候，来份里脊牛排

跟一对朋友见面的时候（这里所说的“一对”可以是夫妇、恋人，也可以是朋友，或者是关系亲密的前后辈，又或者是所有常在一起的人），我偶尔会感到吃惊。两个人分明关系很好，甚至非常相爱，而且对彼此的感情也深信不疑。但奇怪的是，当一方训斥另一方，或者说一些侮辱性的语言、做一些侮辱性的动作的时候，另一方却完全意识不到，甚至还用“打是亲骂是爱”来极力辩解。那些人中的大多数都是这么解释的：

“那是因为他喜欢我，或者是希望我变得更好。”

“你别看他这样，其实他内心都是为我好，他还是很爱我的。”

天哪，你能理解吗？

嘱咐孩子们的话

有时候，妈妈会到一些高中做演讲，其实也没有什么特别要讲的内容，我就对孩子们说一些嘱咐的话。内容大概是这样的：

“在你们的人生中，有两点是最重要的。第一点，就是要真正地爱自己。而另一点，是要像爱自己一样地爱别人。”

孩子们听了以后往往会问：

“一定要爱自己，这样的话我们听得耳朵都长茧子了。但是要如何做到呢？”

妈妈是这么回答的。

“我给你们简单地讲一下什么是爱自己吧。如果你朋友冲着你说：‘你太胖了，减减肥吧！’那以后就不要再跟这样的朋友一起玩了。或者有人说：‘你的脸怎么这么大啊？’这样的朋友以后也不要再交往了。还有那些嫌弃你腿粗的朋友，连话都不要跟他们讲了。这就是爱自己的方法。”

本来下面的同学有玩手机的，有打盹儿的，有聊天的，但听到我的话，一下子都来了精神，瞪大了眼睛，接着开始大笑，觉得不可思议。但是我明白，这些话之所以能吸引孩子们的注意力，其中重要的一点是，他们内心是认可的。我们的基因或是我们的灵魂其实很清楚，到底什么是对的。

我对孩子们说：“如果你刚刚剪了头发，到学校之后，你的朋友一边哧哧地笑，一边说：‘哎哟，你在哪儿剪的头发啊？’或者嘲笑说：‘太棒了！’那么从现在开始，就不要再跟他们交朋友。”

妈妈认为，你不应该跟那样的人交往，而是应该多交一些这样的朋友。

“你虽然长得没有那些时尚模特漂亮，但是你很健康也很美丽。你的脸一点儿都不大啊。你觉得是小脸的鸵鸟好看，还是大脸的狮子漂亮？可能有些人会认为鸵鸟漂亮，但是我觉得大脸的狮子更帅气。”

就是对你说这些话的朋友。

如果你见完朋友回到家中，看着镜子中的自己脸上泛着光彩，眼中也闪烁着光芒。你会想：“这个样子，到哪里都还可以吧。”然后不知为什么，就是想坐在书桌前，静静地写篇日记或者看本书。如果是这样，这个朋友就值得交往。但是与此相反，如果你见完朋友以后，回家的路上觉得很气愤，想要吃冰激凌、炸酱面、方便面，或者炒辣子鸡之类的东西，而且还觉得自己今天特别讨厌，那以后就不要再跟那个朋友见面了。这是妈妈作为你的人生前辈，能给你的最简单的忠告。

收容所里每天早上刮脸的人

要爱你自己，妈妈要再跟你强调一下。这是一个非常重要的命题。早上起床之后，或者工作结束后回到家中，或者是谁也不在身边的假期，你也要穿上最漂亮、最好的衣服。当然你应该明白，妈妈并不是让你一定要用礼服和名牌来包装自己。那些穿了好久的运动服，膝盖部位都已经凸出来，松紧带也没有了弹性，这样的衣服可以扔掉了。在那样的日子，要挑选一件你平时穿起来最合适、最漂亮的衣服，连袜子也要精心挑选，颜色要与衣服搭配，把自己收拾得干净利索，再用吹风机好好打理一下自己的头发。不管什么时候，不管在什么地方，我们都要懂得照顾自己。这也是爱自己的一种表现，但绝不是外貌至上主义。

妈妈很喜欢维克多·弗兰克的《活出意义来》(维克多·弗兰克是奥地利的精神科医生，曾是奥斯维辛集中营的一名俘虏，这本书就是对集中营浩劫的描述)，经常会带在身边，书中有这样的内容：在那个惨无人道的地方，平均二十八名俘虏中仅仅只有一名存活下来。维克多接着分析，到底什么样的人才能存活下来。幸存下来的首要条件，自然是要无比幸运，或者说是有神灵的庇佑。当然，这是维克多谦虚的说法。第二点就是要懂得生活的意义，即明白自己为什么要活着，而且要始终捍卫自己的尊严。

他说，为了捍卫自己的尊严，他每天早上都会刮脸。刮脸……对，就是刮脸救了他。听到这些，你不会认为，奥斯维辛集中营里有镜子，还有洁白光亮的陶瓷盥洗盆吧？奥斯维辛可是俘虏收容所啊。在那里，昨天还活生生的同伴突然死去之后，其他同伴要拖拽着他的尸体，把他拉出去。尸体（这具尸体昨天还在跟他们一起说笑，一起吃面包）的脑袋砰砰地撞在台阶上，然后啪的一声，脑袋就碰掉了。而那里的人们要一边看着这些，一边咀嚼吞食着他们的午餐——一个硬邦邦的面包。奥斯维辛就是这样一个收容所。

他说自己捡了一块破瓷器片儿，装在口袋里，每天就把餐盘的背面当镜子，对着餐盘刮胡子。纳粹们根本不把犹太人当人看，在他们身上烙上数字编号，把他们称作猪。别说是洗漱了，犹太人平时连刷牙的时间都没有。但是维克多却觉得，必须要为自己做些什么。他认为，无论如何，有一点是纳粹们无法夺去的，那就是神赋予他们的尊严。而在当时，他觉得最容易做到的事情就是刮脸。

他最初只是为了捍卫自己的尊严，才坚持每天刮脸，但事实证明，这种做法给他带来了意想不到的好运。当时，纳粹们经常会把一些没有劳动能力的人投进毒气室，而维克多因为每天刮脸，即使在他生病的时候，也要比那些平时不照顾自己、不刮脸、头发胡子乱蓬蓬的人看起来健康一些。虽然他在书中并没有说自己是因为坚持刮脸顺利逃过了劫难，我却能从字里行间感悟到。即使是在那样残酷的死亡瞬间，上天赋予他的尊严却能让他与众不同。对于这样的人，又有谁会去残害呢？纳粹们虽然看起来相对自由，但也不过是希特勒的奴隶。不，其实希特勒本身也只是一个奴隶，是连他自己都没有意识到的罪恶的奴隶。在自由的灵魂面前，奴隶们只能望而生畏。

保持距离，再难也要尝试

话题扯得有点远了吧？妈妈说的那些交朋友的准则，其实不

俘虏收客所

只是朋友，对于任何人都适用。比如说恋人，或是兄弟姐妹，甚至是父母。不容易吧。朋友的话，只要保持一定的距离，不见面就可以了，但是家人之间要如何做到呢？多去尝试吧，试着保持一段距离。沉默或者少说话，从感情上去冷处理。现在妈妈觉得，当孩子们无理取闹的时候，偶尔也需要对他们这么做。要做到这一点真的很难，但是我们必须去做。否则他们就会变得肆无忌惮，而造成这一结果的原因就是我们的纵容和放任，我们在无形之中变成了“帮凶”。

孩子，你的人生你做主。那些在一旁看热闹、袖手旁观的人，对于他们的嘲笑和侮辱，你绝对不要容忍。所以，一定要打起精神来。这样的日子来一份里脊牛排怎么样？哇哦！好吧，咱们就吃点贵的（其实在家做着吃，也没有想象的那么贵）。肋脊也可以，但是我更喜欢小里脊肉。脂肪少，量也比较合适。反正两种都行。

在超市或者肉店买肉的时候，让他们帮你把肉切得稍微厚一点儿，三厘米左右，或者再厚一些。一块肉一般够吃一顿。如果手头还比较宽裕的话，也可以多买几块冷冻起来，有朋友来做客的时候，用这道菜招待应该很够档次吧。牛肉至少要先在常温中放置一小时以上，这样肉质才会变得软嫩。你以后从冷冻室里取出肉做菜的时候，这一步非常重要。因为牛肉软嫩的口感，可以让你在享用牛排时增添更多的乐趣。

回到家后，把肉放进稍微深一些的盘子里，然后满满地倒上特级初榨橄榄油。植物油也可以，但是橄榄油最好。如果没有特级初榨橄榄油，那就用一般的橄榄油，效果也很好。油本身具有去油脂的作用，植物油可以将一些不好的动物脂肪消除掉。

撒上一点胡椒粉（盐要在烤牛排的时候撒，否则肉就会变硬），如果有迷迭香、牛至这样的香草或者干香草，也可以撒上一些，如果没有就算了。把肉腌制三十分钟左右（如果是从冷冻室里拿出来的肉，需要腌制三小时以上），把煎锅放在火上烧热，改成中火，在锅中均匀地倒上橄榄油，然后把腌制好的肉放进锅里。这时候可以撒上一些盐。一面煎熟了以后，再翻到另一面，等到两面都熟了，牛排就做好了。一般在五分钟之内就能完成这些，牛排煎到这种程度，大概是一分熟或三分熟。喜欢吃牛排的人，煎到这个程度就可以了，但是如果对生肉比较抗拒，还是再多烤一会儿。烤的时候，可以把中间部位切开，看一下肉的颜色，如果隐约能看到红色的肉质，就表示全熟了，如果再烤的话，肉质就会变硬，不好吃了。

优雅的品尝，尊贵的招待

如果再搭配上沙拉或者土豆，就更完美了，跟一流的西餐厅比也毫不逊色。不过，没有这些也不影响。我们一年四季不都有美味的泡菜吗，完全可以用它来代替沙拉。牛排要盛放在一个又大又干净的盘子里。记住，这里的重点是“大”盘子，不管什么时候盘子一定要大，而食物不要盛太多。你可以去商场看看，如果衣服堆得满满的，即使是名牌，也会感觉很不够档次。在大大的橱窗里，如果只摆放一件衣服，哪怕只是一件廉价的T恤，也给人大牌的感觉。然后把泡菜摆放在旁边，比搭配任何沙拉都要美观。摆放好刀叉，就可以开始享用了。如果有芥末或者牛排酱汁会更好，没有的话就算了，那就专心品尝牛排的味道好了。因为只要有了泡菜，就已经足够完美，可以代替所有的酱汁。再来一杯红酒，啤酒或者烧酒也很不错。

一定不要忘了，想象着你此时就坐在全世界最豪华的西餐厅里，要用最优雅的姿态，独自享用你的美食。还要把自己想象成最尊贵的人，理所应当享受这种最尊贵的招待。

现在心情好些了吗？你已经享用了最美味、最昂贵的牛排，那自然也应该有一个美好的夜晚，才能相得益彰。让今夜成为这个世界上最美好的夜晚。读书，写日记，或者跳舞，做什么都好，一定要过一个最美好、最难忘的夜晚。

牛排要盛放在一个又大又干净的盘子里，

把泡菜摆放在旁边，比搭配任何沙拉都要美观。

摆放好刀叉，然后就可以开始享用了。

如果有芥末或者牛排酱汁会更好，没有的话就算了，

那就专心品尝牛排的味道好了。

因为只要有了泡菜，就已经足够完美，

可以代替所有的酱汁。

第四道菜

懂得知难而上，才是真正的长大成人

复杂又难做的苹果派

妈妈经常说，这个世界上最优秀的人，都有一个共同的特征，那就是非常单纯。妈妈不太喜欢那些说自己“非常有思想”或者“头脑复杂”的人。这些人往往是很肤浅的，而且对此也了然于胸，只是故意掩饰罢了。

其实，越是思想深刻的人，越显得比较简单。那些看起来思想复杂的人，其实并没有达到深刻的境界，他们仅仅停留在发现问题的阶段，所以才显得复杂凌乱。如果真的达到一定的境界，你会意外地发现，原来思想会变得非常单纯。所以，越是经常说自己非常有思想、头脑复杂的人，越是故作深沉，其实这些人往往生活得很累。还有一些人，他们根本没有意识到自己思想匮乏，反而觉得自己的思想非常丰富，并为此自鸣得意。思想丰富本没有什么可炫耀的，但这些人往往为此沾沾自喜。

你可以看一看那些德高望重的师者，或是世上的贤人、圣人，他们的表情都像孩子一样单纯。实际上，他们的语言也是如此。你应该也深有体会，在做发表的时候，如果是自己非常了解的内容，讲解起来就会得心应手；但如果自己还没有搞清楚，那么只能夸夸其谈、故弄玄虚。

四十岁之前就应该停止

妈妈在前面介绍鱼饼豆腐汤的时候说过："小时候想要得到的东西，能够靠自己的努力去实现，这就是所谓的长大成人。"妈妈知道，这句话让你备尝辛苦，而最对不起你的人就是妈妈。

记得很久以前的一天，我们发生争吵，妈妈曾这样对你说："是，妈妈对不起你，没能给你一个平凡而又幸福的家庭，妈妈很抱歉。但是，妈妈并不是要故意伤害你。妈妈当时也不太清楚人生到底是什么，所以才会弄得一团糟。妈妈的人生已是千疮百孔。所以，孩子，请原谅妈妈吧。"

还有一件事。好像是在你二十一岁的时候吧，你一边向妈妈抱怨，一边嚷着说："妈妈根本不了解我的心情，因为妈妈的妈妈并没有离婚啊。"妈妈当时很严肃地做出了回答，你还记得吗？

"对，妈妈不了解你。不过，现在好像更没有这个必要了。既然你很了解自己，那就好好地安慰自己，好好地生活吧。"

听了我的话，你非常吃惊，眼睛瞪得圆圆的，我到现在还能记得你当时的样子。你表示抗议，质问我："妈妈，昨天我说这话的时候，你说'是，妈妈对不起你，都是妈妈的错'，你是这么说的啊，怎么今天态度就变了呢？"

妈妈是这样回答的：

"因为你上周刚参加了第一次选举，已经是成年人了。等你到四十岁的时候，如果发生了什么事情，你不会抱怨说，‘之所以会这样，都是因为我太不幸，因为我的父母离异’。肯定不会吧？那么在四十岁之前，就应该停止这样的想法，而你现在已经是成人了，就从现在开始吧。”

你一脸不可思议的样子，张着嘴巴愣了半天。而从那以后，妈妈就按照约定，不再说“都是妈妈的错”这样的话。意想不到的是，你竟再也没有拿父母离异当过借口。

其实妈妈当时也非常紧张，不知道你会有什么样的反应。妈妈知道你非常辛苦，但让我欣慰的是，你最终还是战胜了这些。从那以后，不管遇到什么困难，你从来也没有说过“因为爸爸妈妈，我自然……”之类的话。谢谢你，蔚宁，那个时候，妈妈知道你真的长大了。虽然还不太成熟，但的确已经是成人了。是啊，这就是我们成长的标志，不是“自然而然”，而是“知难而上”。

一岁以上的孩子在打架的时候，理由都是一样的。而且理由只有一个，“我什么都没做，是他先动手的！”朋友之间争执，夫妇之间、婆媳之间的争吵，地区之间的矛盾，大到世界各地发生的战争，原因其实只有一个，跟孩子们打架的理由是一样的，“我什么也没做（或者是我也不想这样，我也努力了），是对方先找的茬儿！”

如果对方的方式比较过激，或者很残忍的话，那自己也会相应地做出反击。“我原来并不是这样的人，但如果对方故意挑衅，那我也不会坐以待毙。”正因为这样的心理，人们变得胆大妄为，

顺理成章
自然而然
知难而上
毋庸置疑
事出有因

没有什么不敢做的。有时候，人们甚至会觉得，如果逆来顺受，不去反击，那么将在这个世上失去立足之地。妈妈是怎么做的呢？说起来惭愧，妈妈也曾是这类人中的典型代表。

为什么不学习？为什么不工作？为什么要做一些对健康有害的事情？这些问题的答案也一样。绞尽脑汁想了无数个词，而最终的结果却只有一个——“自然而然”。“我也不想这样，但是我的父母、这个世界、我的上司、我的婆婆，还有孩子们如何如何，自然而然，我就成了这样。”

说这话的时候，不知道为什么，我觉得心里好痛。窗外凄冷的风更增添了几分痛楚。所以，今天我们来烤一份“复杂又难做的苹果派”。你觉得妈妈做不了苹果派是吗？可不要小瞧妈妈哦。苹果派是有些复杂，也比较难做，但是世上无难事，只怕有心人。妈妈教给你的食谱，不都很简单嘛。（感觉还挺得意啊。）这是世界上最简单的苹果派食谱了。妈妈常说，不管什么事情，无法完成的理由会有九百九十九个，而能够完成的理由却只有一个：“只要想做，就可以成功。”

首先要照顾好自己的身体

把一个大小适当的苹果分成四等份，然后再切成五毫米厚的薄片，把它们薄薄地铺在烤盘上（如果没有烤盘，就用一个可以盛汤的深一些的盘子）。

如果盘子比汤碗还要稍微大一些，准备一个苹果就可以了。能薄薄地撒上一些肉桂粉，口感会更好，没有的话也没关系。

准备一个干净的塑料袋，倒进满满两勺面粉、两勺黄油（再多放一勺味道也很不错）和两勺白糖，然后连袋子一起揉捏。用手的温度把黄油融化掉，让黄油渗透到面粉里，你会惊奇地发现白糖也一起融化了。混合均匀后，把这些薄薄地撒在刚刚铺好的苹果上。完成！

没想到吧？妈妈不是让你准备一个烤箱吗，先把烤箱调到二百二十度预热一下，然后连盘子一起放进烤箱，加热十五分钟左右就做好了。黄油融化以后包裹在苹果上，苹果变成了金黄色，等苹果快要烤焦的时候，就可以取出来了。嗯，苹果的香甜，再加上黄油的味道，是不是有油炸甜面包的口感？趁热吃味道真的很棒。

休息日的下午，你或是把苹果派放进烤箱，然后设定十五分钟左右的时间，这段时间你或是简单地打扫一下房间，或是冲个热水澡，然后就可以拿出来享用了……我保证，你一定会觉得人生无比美好。此时家中还弥漫着黄油、苹果、桂皮的香气……简直可以跟一流的早午餐餐厅相媲美了。

刚烤熟的苹果派，要配着热茶或者咖啡一起享用。妈妈不是经常告诉你吗，休息日在家的时候，一定不要像刚睡醒似的穿着皱巴巴的连衣裙或者运动服，要穿上最漂亮的衣服。明天的衣服明天再考虑，只要是合适的漂亮衣服就可以。牛仔裤配白 T 恤也很不错，如果是裙子的话，就搭配一双长筒袜。最后再用吹风机好好打理一下头发。

妈妈还要再强调一下，一定要照顾好自己的身体。吃健康的美食，穿漂亮的衣服，说好听的话（读书的话就更好了），闻美好的香气。爱自己，就要从爱惜自己的身体开始，这句话怎么强调也不过分。精神固然重要，但精神和肉体是分不开的，而且跟精神比起来，直接作用于身体上的行为反而见效更快。

好了，现在照一下镜子，看看你今天是不是穿了一件自己最喜欢、最能让自己与众不同的衣服。妈妈所说的并不是什么礼服，或者是非常昂贵的衣服，而是此刻让你看起来最漂亮、最干净得体的衣服。睁大眼睛，许一个美好的愿望，然后切一块苹果派，放进大盘子里（前面已经说过大盘子的重要性），再用你最喜欢的茶杯倒上一杯热茶，配苹果派一起享用。

苹果派还有些烫，呼一呼，吹一吹，再喝上一口热气腾腾的茶水。第一口之后，你会想，啊，好像有什么好事要发生。这并非你有意去想，而是在品味美食中慢慢感受到的。不管你有过怎样的成长经历，不管你的父母对你做过什么，也不管你的学历怎样，体重如何，更不用去考虑这个世界有多么肮脏龌龊，把这些统统都抛在脑后，只考虑今天，我要高贵地、有品位地、好好地生活。

苹果派还有些烫，呼一呼，吹一吹，

再喝上一口热气腾腾的茶水。第一口之后，你会想，

啊，好像有什么好事要发生。

这并非你有意去想，而是在品味美食中慢慢感受到的。

第五道菜

终会有凋零消亡的那一天

用烟熏三文鱼，感谢困境中给予安慰的朋友

最近，妈妈突然想到了死亡。是因为妈妈身边的同辈，或者比妈妈还年轻的人们突然离世的原因吗？或者是因为最近一下子听到很多熟人去世的消息？也许是到了秋天的缘故吧？因为这个季节会告诉我们，世间万物终会有凋零消亡的那一天。这不，最近我们身边又有生命逝去。

大概是八年前的这个时候吧，我们家的小猫 COCO 突然死了。COCO 是一只灰色的小猫，来我们家还不到一个月，稍微比拳头大一点儿，眼睛乌黑明亮，非常聪明可爱。你当时苦苦哀求妈妈养一只小猫，我同意了，而且决定再多养一只。当你在四处张望，犹豫不决，不知道养哪只好的时候，妈妈一眼就看到了那个灰色的小生命。跟它目光相对的时候，妈妈一下子就被它吸引了。你最后选中了 LATTE。一个月之后，COCO 死了。那个时候你还在读高中，妈妈知道，COCO 的死让你非常伤心。就这样，你只剩下 LATTE 了。

世间万物终会有死去的一天

LATTE 是一只波斯猫。蔚宁，可能妈妈这样说你会不高兴，但

LATTE 的确算不上一只漂亮的猫。但是妈妈知道，你和 LATTE 之间有种非常特别的感情，你非常爱 LATTE。

你说："LATTE 是这个世界上最漂亮的猫。"

蔚宁，说实话，妈妈觉得 LATTE 并不是这个世界上最漂亮的猫，但它却是这个世界上最安静、最温驯、最敏感，也是最柔弱的一只猫。现在想想，LATTE 差不多跟我们一起生活了十年。这么一只神经超级敏锐，又特别敏感的小家伙，竟然陪伴了我们这么多年。

几天前，妈妈在出版社开会的时候，突然收到了你发来的短信。

"妈妈，LATTE 死了。"

原本只是无意翻看一下手机，短信的内容却让我感到窒息。说实话，当时有种突然遭到袭击的感觉。

妈妈还没来得及说些什么，你又发来一条短信。

"妈妈，来我们家一趟吧。"

该怎么形容呢，在那一瞬间，妈妈觉得你就像一个无助的小女孩，突然有一种冲动，想立刻飞奔到你的身边。妈妈的脑海中瞬间产生了一个比较荒唐的想法，上帝真的太残忍了，为什么要夺去 LATTE 的生命，让我的女儿受到这么大的伤害。妈妈的内心呼喊着："啊，蔚宁，以后再也不要受伤害了。从现在开始，不要再让任何有生命的东西靠近你。"这些简单而又肤浅的想法，就像鳞片一样不断地刺痛着我。

但是，也许是上了年纪的缘故，那一瞬间妈妈还是控制住了自己，做了一个深呼吸，把气沉到丹田。妈妈建议你也要学会这个简单的动作。什么是成熟呢，至少在碰到这种情况时，你应该想到，通过这种方式让自己先冷静下来。一个不成熟的人，是绝不可能想到这一点的。你已经是二十七岁的成年人了，应该明白，这个世界上的任何生命都会有死去的一天。如果是为了不受伤害而远离生命，自己的生命也将渐行渐远。是，这是永恒不变的真理。如果 LATTE 被送往医院时还奄奄一息，妈妈接到消息后一定会飞奔赶往医院。但是如果 LATTE 已经死了，那妈妈再着急赶过去，也于事无补。

所罗门是《圣经》中最有智慧的人，他的父亲大卫曾经有过一个私生子，当那孩子在生死线上挣扎的时候，大卫非常心痛，他撕裂衣服，头蒙灰尘，号啕大哭，甚至不肯进食。孩子死了以后，大臣们都不敢把这个消息告诉大卫。大臣们想："孩子还在生命线上挣扎的时候，大卫王都那么伤心，如果知道了这个死讯，那大卫王岂不是要疯了。"

但出乎意料的是，大卫在得知孩子死去的消息之后，立刻从地上起来，沐浴，抹膏，吩咐下人摆饭，然后大吃一顿。他是这么说的："我原本以为，上帝会怜恤我不让孩子死去。但是现在孩子已经死了，我终有一天也会去他那里，而他却不能再回来。所以，好好吃吧，喝吧。"

你好，
蔚宁！
你好，
LATTE！

从这个人的身上，我看到了最有智慧的王的父亲应有的本色。因为自己的乱伦，让灾祸降临到无辜的孩子身上，作为父亲，怎会没有负罪感？但是，如果他在得知孩子死去的消息之后，还是继续头蒙灰尘，继续禁食，或者晕倒的话，那就变成了三流电视剧中的场景。

但是大卫明白，人类没有决定生死的能力，而且自己犯下的错误，也没有办法弥补。所以，他选择了虔诚的人类能采取的最有智慧的态度，祈求宽恕以往的过失，重新开始现在的生活。

这个时候，你又发来了短信。

“妈妈，不要担心我，我还好。虽然很伤心，但是我还能承受。只是希望妈妈能在身边，所以才给您发了短信。如果现在很忙，就不用特别着急地赶过来了。”

孩子，你比妈妈想象的要冷静，反倒是妈妈泪流不止。妈妈紧紧地搂着你，然后一起去喝了热乎乎的清酒，想要回忆 LATTE 的余温，不希望它在我们手上渐渐变凉。

那天晚上你告诉妈妈，你的朋友们通过 Facebook 知道了 LATTE 死去的消息，特意跑到你家安慰你。你问我：“妈妈，我应该怎么感谢这些朋友呢？”妈妈的建议是，用美食来感谢你的好朋友们，那就是烟熏三文鱼。

为感谢朋友而准备的美食

烟熏三文鱼是妈妈和朋友们最常吃的美食。所要准备的材料是一块事先存放在冷冻室里的烟熏三文鱼排，一个柠檬，一个洋葱，还有一个非常非常重要的东西，那就是水瓜柳。水瓜柳是生长在地中海沿岸的一种野生植物的花蕾腌制以后的名字，一般是用醋腌制后装瓶保存。可以从网上购买，大型超市里也可以买到。吃三文鱼的时候，如果没有这种花蕾罐头（啊，是用花蕾做成的罐头……听起来是不是很美，我们吃的可是花蕾啊），该怎么形容三文鱼呢，就好像是没有颜色的炸酱，或是没有香肠的热狗。

烟熏三文鱼的做法，也跟妈妈其他的食谱一样简单。有朋友突然来访的时候，想减肥却管不住自己嘴巴的时候，想吃生鱼片却没有钱也没有新鲜鱼的时候，特别是妈妈在出国旅行的时候（独自出门旅行的时候，在西方任何一个国家都有这四种材料），在宾馆里经常吃这个。好了，现在先有条不紊地（其实也用不着，简单准备一两个就可以）把盘子摆好吧。

首先准备好妈妈常说的白色或黑色的大瓷盘，然后把洋葱切碎平铺在盘子上。从冷冻室取出三文鱼，放进温水中解冻（不要用微波炉，哪怕是没完全解冻也比用微波炉好），三文鱼会像花儿一样漂亮地展开。在三文鱼上面密密地挤上柠檬汁，然后再从瓶子里取出水瓜柳撒在上面，就像为粉色的花朵点缀小小的绿叶一样。

小的时候，家人过节时一起聚餐，妈妈常把这个当作开胃菜吃。我们家人都特别喜欢吃生鱼片，但是过节的时候，很难在首尔买到满意的生鱼片，就用这道菜来代替了，虽然那个时候，烟熏三文鱼和水瓜柳也很难买到。

这道美食最大的优点，是可以有很多不同的搭配。（其实它本身就有优美的视觉效果，已经非常完美了。）它的最佳搭配是新鲜的生菜。用手把生菜撕成能一口放进嘴里的小片儿，再切上一些颜色丰富的彩椒。如果再配上飞鱼子或三文鱼子，或者是比较贵的鱼子酱，那么在招待长辈的时候，也不失为一道上等的美味佳肴。

再准备烤得干干的面包片或法棍面包，或是硬硬的没甜味的饼干，就非常完美了。还能再做一种调味酱，在蛋黄酱里放上一些碎洋葱，如果手头比较宽裕，可以再买一些黑橄榄（绿橄榄也可以），切碎后放进蛋黄酱中，一起搅拌均匀，然后把做好的调味酱盛进一个漂亮的小碗里。大家一般都会很好奇："哇，这么好吃的酱，到底是什么？"如果喝酒的话，威士忌、烧酒、白葡萄酒、香槟都可以。当然，米酒、清酒、汽水或者是果味苏打水也都非常不错。

即使勉强，也要微笑

蔚宁，第二天你把LATTE带到妈妈家里，希望把它葬在妈妈

的院子里。你说："妈妈，昨天我和朋友们一起吃得很好。"跟这句话比，你的表情更让我感到欣慰。你成熟了，明白了死亡和离别也是人生中的一部分，就像花开花落一样自然。接着你又说："妈妈，我昨天虽然很伤心，以为自己要痛哭一场，但是朋友都在，只能勉强让自己笑起来，可是很神奇，这样反而觉得不那么伤心了。"

对，身体和灵魂一样重要。实际上，笑的时候会牵动很多肌肉，这样一来，大脑对伤心的感觉就不那么敏感了。由此也可以看出，我们的祖先是多么智慧啊，他们故意在办丧事的家中玩花图、看滑稽的表演，还闹哄哄地大摆酒宴。

不久前，妈妈曾跟你讲过"创伤后应激障碍"的简单治疗方法。就是找出能联想到引发这一症状的相关事件的照片或视频，观看的时候要左右移动你的眼球。因为太简单了，刚开始的时候，连医生都不相信，但是后来却发现，这个方法效果非常显著。快速眼动睡眠期间，我们的大脑会处理在清醒状态时的一些信息，换句话说就是在疗伤，主要依靠的就是眼球的左右快速移动。

因此，你必须要爱惜自己的身体。性也是如此（嗯，我也不知道怎么突然说到这儿了）。性是你最宝贵的身体的一部分，绝对不能肆意妄为。虽然只是一部分，也一定要认真对待。因为你是最珍贵的，这一点妈妈经常说，但还是要强调一下。

蔚宁，晚上你走了以后，就下起了雨。妈妈打着伞，在埋着 LATTE 的院子的角落里，徘徊了许久……晚安，我的女儿。

第六道菜

你比你的自尊心更重要

诸事不顺的一天，来份蜂蜜香蕉

妈妈知道，生活中必然会遇到这样的日子：感觉所有的事情都一团糟，再也没有挽回的余地，也许只有在来世，这个世界才会发生一些改变。就是在这样的日子，你会感觉周围的人都是自私自利的骗子，至少不算什么好人，他们用不当手段榨取别人的利益。玻璃窗的那边明明是一个幸福的世界，唯独只有你站在玻璃窗外面，独自感受着凄冷的寒风。

停止思考，去感觉

在这样的日子，如果能找一个可以发发牢骚、聊聊天的朋友自然很好，不巧的是朋友们那天偏偏都有约，他们跑到了玻璃窗的另外一边，这就是人生定律。定律？对，这就是奇妙的人生定律。可以跟你这样解释：没有约会、不赶时间的时候，路上反而畅通无阻；刚跟男朋友分手，就遇上一个风和日丽、百花争妍的周末。就类似这样的情形吧……

遇到这样的日子，妈妈建议你，一定要用天然薰衣草精油做个熏香。人工精油不行，一定要天然的。之前妈妈也说过，薰衣草具有镇定的效果。你肯定会说，本来就已经很抑郁了，还要镇定什么。抑郁的时候，虽然心情很低沉，但其实是源自对愤怒的压抑。可以说，越是心情郁闷的时候，心中的愤怒越是到了一种怒不可遏的兴奋状态。这种愤怒是什么呢？先不要试着分析。这个时候，如果是妈妈的话，会在回家的路上顺便去澡堂搓个澡，或者回到家里放上热水（最好能在浴缸里放上热水，不过现在很多人家里没有浴缸，所以找一个大一点儿的盆，放上热水，然后坐在椅子上，这样也很不错。我说的是足浴哦）。把灯光调得暗一些，然后点上薰衣草熏香。

也可以听一听你最喜欢的音乐，但不要听太悲伤的，最好是没有歌词的古典音乐，或者是有助于冥想的音乐，效果会更好。静静地坐下来，做十次深呼吸，用你的身体或者每一个脚趾去感觉，静静地感觉身体周围热水的温度。停止思考，去感觉。

深深地吸一口气，让气流从鼻子进入，经过嗓子，到你的胸腔，然后一直向下到丹田。这个时候你想着，宇宙间最美好、最有活力、最可爱的能量进入了自己的体内。然后与之相反，再慢慢地呼气。让气息从丹田开始，经过你的胸腔，通过你的嗓子，最后从你的鼻子或嘴巴里呼出来。好好感觉一下，想象着这些气息从你体内呼出来的时候，同时也带走了你身体中所有的坏情绪，以及所有不好的预感。

先照顾好自己的身体，这是最重要的，也是妈妈常常强调的。

能同时照顾好自己的内心，自然更好不过了，但不要着急，慢慢来。从身体开始会更简单一些。照顾好自己的身体，并不是让你去做整形，或是用一些奢侈品来装扮自己。过度的整容，没有节制、过于执着的减肥，过紧的塑身衣等，从某种程度上来说都是对身体的一种伤害。

吸气呼气都体验完以后，就开始享用蜂蜜香蕉吧。因为在这样的日子，身体会觉得很疲惫，需要快速补充一些糖分。要准备的材料是香蕉、黄油、蜂蜜，还有少量的肉桂粉。

首先剥去香蕉皮（大家都知道，但还是要强调一下），然后把香蕉竖着从中间切开。把平底锅放在炉子上，用中火加热，放上一大勺黄油加热融化。用别的油做不出这种味道，黄油最好。把切好的香蕉放进平底锅里，两面都要烤一下，大概烤熟就可以，漂亮地盛放到盘子里。可以浇上一点蜂蜜，再撒上一些肉桂粉，完成！

如果想看起来更华丽一些，就再撒上一些之前说过的杏仁薄片。如果有客人来访，还可以再放上一大勺冰激凌，是不是有种西餐厅甜点的感觉？怎么样，简单吧？

重要的是，要一边品味，一边慢慢地享用。慢慢品味的话，我们身体中的基因也会感觉到一丝幸福。如果吃得比较着急，我们体内的基因会过分贪恋这种甜味，所以一定要注意。慢慢地享用，我们的大脑也会跟着快乐起来。现在一边享用美食，一边听妈妈说，怎么样？

把切好的香蕉放进平底锅里，

两面都要烤一下，大概烤熟就可以，

漂亮地盛放到盘子里。

可以浇上一点蜂蜜，再撒上一些肉桂粉，完成！

成人后的第一个任务——“离开”

大卫·里秋[①]在他的《当爱遇见恐惧》这本书中写道：

“作为一个成年人，我们有两项任务：离开和做自己。成熟的第一步就是离开，即便这意味着挑战、恐惧、危险和艰难。第二步，不管我们的离开是否得到认可，都必须坚定立场。得到认可，是指符合别人心中对我这个人的期望。”

妈妈在演讲的时候，一些女性朋友偶尔会提出这样的疑问：“您认为女人在结婚生子后，一定要拥有一份自己的工作吗？”

男人们肯定不会有这种疑问。能提出这种问题，应该生活得还比较悠闲自在吧？因为现在这个社会，年轻的妈妈们也要冲到工作的前线，忙于为生计奔波的她们根本无暇考虑这种问题。这个时候，妈妈常常这么回答。

“问我是怎么想的？我不考虑这样的问题，只是明白这样做到底有什么意义。”

对，这并不是要去思考的问题，而是在弄明白它的意义之后，如何做出选择的问题。成年之后（这对于男女都一样），就需要自己解决吃饭问题，自己承担电费、水费和电话费。如果这些不是靠你的双手解决，而是想着去依赖别人的话，就意味着你将要在

①美国资深心理治疗师。

别人的支配下生活。所谓的未成年人，就是要依靠父母或其他监护人来解决这些生活问题。

听了妈妈的回答，有些人很疑惑："我们既要做饭，又要洗衣服，还要照看孩子。我们所得到的只是这些劳动的回报而已，难道有什么问题吗？"

我并没有说这些人不劳动，而是说她们让别人为自己支付餐费，涉及的是社会支付问题。你不参与社会工作，就意味着把所有的支付问题都委托给了别人（丈夫）。并不是说这样做不好，我只是想让她们弄明白其中的道理。

还有人提出这样的疑问："有位大师说过，生完孩子以后，要悉心地照顾三年。那这个问题又该怎么解决呢？"当然，大师这句话非常有道理，妈妈也完全同意。但是，大师所说的，是让你在三年期间，竭尽全力地去照顾好孩子，并没有说让你把一生所有的时间都奉献给孩子。怎么去解决这个问题，不是要问大师，也不是要问我。极端的奉献与极端的自私之间，肯定有一些相通之处，而对于每个人来说却又不尽相同。

这就是大卫·里秋所说的"走下去"（to go）。孩子，在走下去的过程中常常会遇到很多危险，但你已经是成年人了，这是你必须要做的事情。

成人后的第二个任务——“做自己”

现在再来思考一下第二个任务——“做自己”。妈妈之前说过吧，远离那些让你减肥、嫌弃你穿衣打扮的朋友。总而言之，就是远离那些伤害你的自尊心、把你变得悲惨、令你感到自卑的朋友。换句话说，有些人会把还没有被世人验证的价值观强加给你，对于这样的人，一定不要交往。

“妈妈，那孩子还是有很多优点的。”不要对妈妈说这样的话。越是亲密的朋友，越是恋人，就越不应该说这样的话。人类没有想象的那么强大。不管什么时候，跟优点比起来，缺点总会早早地影响到我们。如果有人把你放到一个散发着粪尿味的破房子里，然后送给你一束百合花，你觉得有什么意义呢？你最终闻到的只是粪尿的气味而已。随着生活阅历的增加，这个道理你自然而然就会明白。不管这个人有多少优点，只要他有致命的缺点，就一定不要跟他做朋友。

妈妈认为，有这样几种人是绝对不适合做朋友的：回家的路上觉得心情很糟，却又说不出原因的人；一张嘴就特别悲观消极的人，经常说一些奇谈怪论的人（比如，经常说一些淫词亵语的人，现在他们故意把自己包装得很高雅）；还有那些让你对人生充满绝望的人，诸如此类的吧。

蔚宁，妈妈虽然比你阅历丰富，也知道更多调整心情的方法，

是谁担负着
“离开”和“做自己”
这两项重任呢？
成人！

但是对于这样的人，上策是干脆不交往。但是，如果你的上级属于这样的人，而且他调离到别处的概率基本为零，那你就该考虑辞职了，或者让自己独立起来。妈妈经常说，跟你所挣的钱相比，跟你拥有的事业相比，你自己本身更重要。不管在什么时候，自己才是最重要的。你自己到底有多重要呢？可以这么说，为了你自己，有时候甚至连自尊心也可以抛开。

亲爱的女儿，蜂蜜香蕉吃完以后，清洗盘子也很简单吧？把盘子洗干净放回原处，晚上静静地看本书。现在已是深秋，妈妈还剩下多少日子，我的女儿又还有多少美好的人生，其实我们都不清楚。但是有一点很清楚，眼前的这一瞬间稍纵即逝，再也不会重新来过。这一瞬间的优柔寡断，可能会让我们虚度一生的光阴。

让今晚成为我们人生中的一个难忘之夜。知难而上，忘掉所有的不快。今晚，就在日记本上记下这样的内容：那天，我点上了薰衣草熏香，安静地享用了一份蜂蜜香蕉，还读了本书。多么美好而又平静的秋夜。

第七道菜

不要交往的三种人

百乐餐派对上的西蓝花、虾和坚果沙拉

不知道从什么时候开始，妈妈不再去参加年末的聚会。大概是因为本来都是经常见面的人，年末又刻意聚在一起喝酒，总觉得有些尴尬（其实也没有什么尴尬的），只是借着忘年会、送年会之类的名义，又重新聚在一起。

不知为什么，在年末的尾巴十二月，心会变得浮躁起来，也许是因为街上有太多的灯光闪烁。越是这样的日子，越想快点回到家中，简单地吃一顿用黑豆和糙米煮的晚饭，然后静静地坐下来看会儿书。在十二月，当有人说“提前有约了，不好意思，时间都排满了”的时候，一般也没人怀疑或者质疑，所以这个时候最适合独处。当然，这也不算是撒谎啦。

因为年末的日程早就排满了，我需要沉默的时间、祈祷的时间、读书的时间，还要写一篇长长的日记回顾一年的时光。另外，我要跟最重要的家人们一起，看好看的电视节目。

但是在实际生活中，有很多场合你必须要去，而且有的时候并非你所愿。当你偶尔因此犹豫不决时，妈妈告诉你一个自己的处事原则，那就是好好考虑一下：“到底哪种决定能让我更爱自己，更尊重自己，并让我感到自豪呢？”孩子，你现在已经开始独立生活，一定要记住一句话，“我是最珍贵的。”只要认真地考虑三分钟，你就能找到答案——到底是什么东西，在什么地方，能让你对自己感觉更满意，让你更开心，让你为自己感到自豪。

百乐餐派对上，让所有人赞叹不已的美食

珍爱自己，并不等同于心中只有自己的利己主义，更不等同于凡事只知道从自己的立场出发的自我中心。真正珍爱自己的人，是非常自尊而又自重的，他们不会做出有违社会规范的事情，懂得邻里相助、互帮互爱。

事实证明，监狱中的很多罪犯心中只有自己，随时都会对别人施加暴力，坑蒙拐骗如同家常便饭一般，而这些人往往都很自卑。（没想到吧？但这的确是真的。）专门研究教导管理的专家们认为，只有更加完善教导所的设施，同时提高犯罪者的人格待遇，才能降低他们再次犯罪的概率。体验过人格待遇的人，跟生活在社会底层的人是完全不同的。虽说让这些人受些苦是理所应当的，但如果他们会因为受苦而幡然悔悟，那么从一开始就不会犯下重罪。战争是人类遭受的最大痛苦，但是没有一个国家的人们，会因为战争具有更加高尚的人格。

孩子，你现在还很年轻，需要去接触更多的人，所以你应该去参加年末的聚会，而且也想准备一些漂亮的衣服吧。有的时

候，妈妈更喜欢把跟前辈和后辈聚会的场所安排在家中或者办公室，而不愿意到外面去。百乐餐派对（Potluck Party）就是一个很好的办法。百乐餐派对，你应该知道吧？参加的人各自带上一份美食，然后跟大家一起分享。妈妈也经常跟后辈们一起参加。其中有一个后辈平时比较忙，妈妈就对她说："简单买个蛋糕过来就行。"后辈的回答却打破了我们肤浅的想法，她非常爽快地说："不行，我要做一份简单的菜带过去。"她做了一份加入西蓝花、虾和坚果的沙拉，让我们所有人都赞叹不已。

这道沙拉既适合当作下酒菜，也可以当作零食。参加派对的时候，你可能会发现，有时候其实已经吃饱了，但还是一直不停地吃。当时妈妈就不停地吃那个沙拉，怎么说呢，好像心里觉得，反正这道菜怎么吃也不会变胖。大家都知道，西蓝花含有丰富的维生素 C，比柠檬还要高出两倍。不仅如此，它还可以抑制引发胃癌的幽门螺旋杆菌，同时因为含有抗氧化成分，又具有抗衰老的功效……反正是有各种好处。要不然，又怎么会有"Broccoli you too"[①]乐队呢？他们对西蓝花是多么喜爱啊……嗯，话题好像有点跑偏了。

先准备一些有机西蓝花。（有机农产品相对贵一些，但还是要吃有机的，如果价格比较贵，那就少吃一些。用同样的价钱买少量高质量的东西，这才是明智的选择。）把西蓝花切成适宜的大小，

①韩国的一个乐队组合，出道于 2007 年。

选择蒸或者煮都可以。如果是有机西蓝花，就先洗干净，然后在锅里倒一勺水。选择蒸的方式可以保留西蓝花特有的营养，颜色也非常好看。如果不是有机产品，就先放一撮盐（用拇指、食指和中指捏一撮的量），然后再倒入充足的水，把西蓝花煮熟。据说，西蓝花在生长过程中特别容易受到病虫侵害，所以会喷洒大量农药，这些农药很可能还残留在西蓝花上。煮的时候，时间不要太久，要保留西蓝花脆爽的口感。

虾呢，就用冷冻的小虾。还是要先在水里放一撮盐，然后把小虾放进水里焯一下（嗯，水开以后放进去，大概数五个数的时间，捞出来刚刚好）。坚果可以选择花生、杏仁、核桃之类的，要把它们先捣碎。妈妈使用花生的情况多一些，把剥了皮的花生放进塑料袋里，然后用刀背砰砰砰几下，把它们拍碎。现在，所有的材料都准备好了。把这些先装进塑料袋里，然后再买一瓶蛋黄酱。你觉得一般？很香，很美味的哦。

派对快开始的时候，把蛋黄酱慢慢地倒进装有西蓝花、小虾和花生碎的塑料袋里，再放进去一点盐，连同塑料袋一起，轻轻地把它们揉均匀，然后倒入派对主人提供的盘子里，就完成啦。

我觉得这个作为啤酒或者威士忌的配菜非常棒，连老爷爷们也非常喜欢，觉得这道菜“越吃越香”。做的时候不要太淡了，稍微咸一点会更好。一边品尝美食，一边结识新朋友，很不错啊。

绝对不要交往的人

你有时候会问，到底要跟什么样的人交朋友，这个问题妈妈很难回答。但是什么人不能交往，心里一定要清楚，第一眼或者第二眼就要分辨出来，这一点很重要。

第一种不要交往的类型是暴力型的人。当然，你应该不会跟使用暴力的人交往。但是有些人的暴力具有隐藏性，辨认这一点对于你这样的女孩子来说非常重要。首先是满口污言秽语的人。这种人很善于用污言秽语来辱骂别人（辱骂的对象可能是大家公认的坏人，或者是政治上的反对派，也可能的确是个坏蛋）。作为一个好人，不管对什么样的坏人，绝不会张嘴就恶言相向。相反，这种类型的人，其实往往是把自己的攻击性伪装成正义。还有一种人，他们经常对身边较为亲密的后辈或同事使用轻微的暴力（比如打后脑勺啊，或者假借关系亲密辱骂别人等），这样的人非常危险。

妈妈经常说，有些人在最糟糕的情况下对最恶劣的人所做出的事情，在某一天同样也会对你做出来，这一点你一定要记住。况且，年末聚会本来就很美好，在这个时候，哪怕是很轻微的暴力行为，你也绝不能容许。

第二种需要远离的人，是非常自卑的人。不只是男人，女人也包括在内，辨认出这类人的方法有很多种。首先，根据妈妈的经验，从送礼物最能看出一个人的特点。嗯，这一点该怎么解释呢？如果有人送你最近新出的一本书，或是最近策划的一场公演的门票，又或者是自己公司最近新研发的产品，这些情况是另当别论的。妈妈所说的是在第一次见面，或者是第二次见面的时候，马上就送上礼物的人，这样的人最好小心一点。

即便是男朋友，如果在约会后的第二天就送来一束鲜花，那同样也要当心。或许他的内心深处是非常自卑的，感觉自己有很多的不足，才会不由自主地想用物质来弥补。还有那些总是抢着付款的人，他们也是同样的心理。自卑的人会因为自己所受的伤害，总是怀着一些不必要的偏见和愤怒，他们往往又会把这些投射到对方身上。

第三种就是不幸的人。说这句话的时候，心里还真是觉得忐忑，但妈妈还是决定要说。不要跟不幸的人交朋友。如果是你本来认识的朋友，当他们遭遇不幸时，你对他们避而远之，不愿意伸出援助之手，那么这就非君子之为。但是，如果是一直生活在不幸之中的人，当他们靠近你的时候，最好还是选择回避。到底什么样的人算是不幸的人呢？妈妈举一个比较极端的例子。

妈妈的前辈中有一位是富家千金，她从名校毕业之后，找了一位特别有钱的丈夫（其实到底什么情况，我也不是很清楚），生活得很幸福。那位前辈很漂亮，身材也很好，而且还特别优雅。去年春天，她去了印尼的巴厘岛旅行，其实我们好久不联系了，

幸福的人
暴力型的人
自卑的人
不幸的人

但她突然给我发来这样一条短信："头等舱满员了，所以我们只好坐了经济舱，真是太不方便了。而且这边的空姐还特别笨，孩子他爸点了一份全熟的里脊牛排，我点了一份三分熟的，但是最后却给我们端来两份一样的，你说这叫什么事儿啊？第一天就把人的心情搞得一团糟。"

明白了吗？这样的人就是不幸的人。那幸福的人呢……因为是幸福的人，把名字公开应该也没问题。《我的西方美术巡礼》（这本书，妈妈要强烈推荐给你们这些年轻人）的作者徐京植教授，他是第二代在日朝鲜人。徐京植是徐家三兄弟中的老幺，他的两个哥哥从日本来到韩国的首尔大学留学，却卷入间谍团事件被捕入狱，他们也因此在韩国名声大噪。后来他们蒙受的冤屈终于被洗清，但是大哥徐胜（现在是日本立命馆大学的教授）当时无法忍受严刑拷打的屈辱而试图自杀，他打翻了拷问室里的火炉，导致脸部和全身严重烧伤。他们的父亲也因此去世……有一次，妈妈在做广播节目的时候采访了这位教授，当时他是这么对妈妈说的：

"孔枝泳作家，请您不要认为我们是因为来到故国留学而毁了一生，把我们当成不幸的在日同胞。在努力证明自己家族清白的过程中，我们结识了很多非常珍贵的同志和朋友。他们都是十分珍贵的朋友，为了我们一起去斗争，虽然自己什么都没有得到，甚至还为此失去了生命。这种事情，并不是谁的人生中都能遇到的，对我们来说，这是非常宝贵的回忆。所以，您不能用不幸来评价我们。”

妈妈瞬间觉得无地自容，十分惭愧。

脑海中全都是相亲相爱记忆的人

还有一位，就是现在非常有名的朴元淳市长。在采访朴元淳先生的时候，我了解到，他曾经写下了遗书（这是在他当选市长之前很久的事情）。你应该知道他为什么要提前写下遗书吧？当时那份遗书好像是写给他三姐还是四姐的，反正是写给他的一位姐姐的。遗书的内容已经被公开，我记得其中一些内容。

“姐姐，因为父母说要让儿子读书，所以你连小学都没读完就到工厂里干活去了。很抱歉只有我一个人读书。谢谢你，姐姐。”

他讲了小时候的贫苦生活，真的是一段非常艰苦的童年。我无意间说了这样一句话：

“啊，您有这样一个不幸的童年……”

朴市长听完以后，非常严肃认真地纠正了我的话：

“孔枝泳作家，稍等一下，我是说我们家很穷，但并没有说我生活得很不幸。现在回想起来，虽然那个时候生活很穷，但留在脑海中的却都是当时大家省吃俭用，彼此相亲相爱的记忆。”

也许妈妈在跟别人聊天时候，还发生过一些类似的让人尴尬、惭愧的事情。

是不是说得有点多了？今晚我特别想听一听 Broccoli you too 的歌。蔚宁，妈妈希望今天对你来说，也是幸福的一天。希望你能跟朋友们一起聊一聊美好的人生，享受你们美好的青春。

第八道菜

向着这个龌龊的世界，大喊一声“龌龊”

感觉这个世界丑恶不堪时，来份豆芽醒酒汤

今天，你倒还没说什么，妈妈却已经怒不可遏了。“这个丑恶不堪的世界，简直让人无法生活。”我真想这样大骂一通，甚至在想，为这样的国家纳税，到底意义何在？公司的老板们把员工像奴隶一样使唤，政客们把撒谎当成家常便饭，而官僚们只是一味地袒护上层，置无辜的劳动者的利益于不顾。这样一个肮脏龌龊的……

啊！妈妈本来只是想跟你讨论一下料理，没想要说这些。但是听到了有关一位财阀三世的消息之后，让我顿时觉得食欲全无。这位财阀三世在飞机上大吵大闹，置二百五十名乘客的利益于不顾，迫使飞机掉头返航，并将一位自己讨厌的乘务员赶下飞机，滞留于他国……如果真的没有食欲，应该有助于我减肥才对。但是不知道为什么，越是碰到这种情况，妈妈就越想吃一些像火鸡、武桥洞辣炒鱿鱼[①]、辣鸡爪、变态辣炒年糕之类的东西。所以午饭的时候，妈妈约了朋友，在街边吃了一些非常辣的东西，回到家以后，就开始拼命地喝水。哎，把我美容养颜的健康生活也搞砸了，真是太可恶了……啊，要镇定。对，料理……我们还要吃喝，还要生活啊。

---

①韩国著名的美食，位于武桥洞鱿鱼一条街，已经有50年的历史。

酒后第二天的食谱

在开始写食谱之前，妈妈突然想起了一道菜。那是妈妈刚开始独立生活的时候，外婆教给妈妈的第一道菜。就是菠菜大酱汤。外婆对妈妈说，做这个的时候，要买一些蛤蜊肉放进去。按照外婆教给我的方法，把所有的食材都放进去，煮出来的大酱汤竟然品尝到了童年的味道……那个时候自然还没有手机，所以妈妈都是一边给外婆打电话，一边在记事本上长长地记下各种菜的做法，现在想起来还记忆犹新。

你还记得，你独立生活以后，问过妈妈的第一道菜是什么吗？跟我二十岁的时候相比，你做菜的手艺可是好多了，而且现在网络也发达，所以妈妈根本没有想到你会打来电话向我咨询。

“妈妈，以前我酒喝多的时候，第二天早上您都会给我煮醒酒汤，把那个汤的做法教给我吧。”

当时，妈妈突然想起自己第一次给外婆打电话询问做菜方法时的情景。怎么形容呢，就是那种血脉相承的感觉。

后来才了解到，这是庆尚道那边常喝的一种汤。具体的做法如下：

首先，准备好充足的牛肉（三到四人份的量，大概五百克），适合做烤牛肉或烤里脊的那种质量比较好的肉，切成能一口吃下去的大小。准备一个中等大小的洋葱，然后把洋葱切成小块。把这两种食材放进大一点的汤锅里，要多放一些，打开火后，再倒上一些家庭酱油（也叫韩式酱油或朝鲜酱油），然后翻炒一会儿，直到肉差不多炒熟了，洋葱也变得透明。这个时候，应该能稍稍闻到一些烤牛肉的味道。接着倒上满满一饭勺的辣椒粉，大致搅拌一下，然后再倒上水，大概五大碗。等到水煮沸，尝一下咸淡。如果能用海带汤或者小银鱼汤来代替水，自然更好。

煮汤的时候，要加入一些蒜末（如果没有蒜末，就把蒜切得细一点放进去，也很不错），还有斜着切好的大葱。尝一下味道。如果淡了就放一些盐，觉得味道还不够的话，那就再放一些天然海带粉或者干紫菜末。最后再放上一大把豆芽，等到汤咕嘟咕嘟煮沸以后，完美的豆芽解酒汤就做好了。豆芽放进去后，千万不要煮太久。保留新鲜豆芽的清脆口感，才是这道汤的关键。

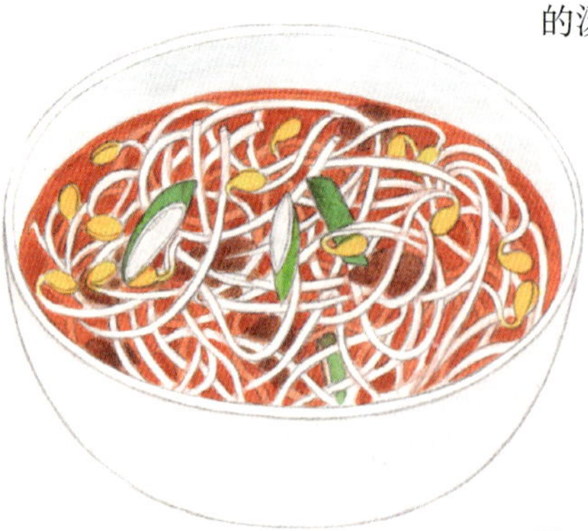

但是很奇怪，这么一道美味又清爽的汤，竟然完全找不到它的做法。所以，你打来电话问我也是很自然的事。以前妈妈跟朋友们一起去野营，或者回乡下的时候，经常会喝酒喝个通宵，那个时候常常煮这种汤喝。一般冰箱里都有冷冻的肉，所以早上只需要跑到便利店，买一袋豆芽回来就可以。妈妈喝完酒之后，第二天一般都没有什么胃口，这时候就煮一大碗豆芽汤，然后连汤带菜全都吃下去。这样肚子也吃饱了，而且还痛快地出了一身汗，酒自然也醒了。

压力大的时候就想吃方便面

妈妈之所以给你推荐这个汤，是让你在想吃方便面的时候，用它来替代。我可能比较奇怪，压力越大的时候就越想吃方便面。旅行或者登山也可以算是一种压力，因为那个时候总是特别想吃方便面。妈妈并没有要贬低方便面的意思，只是觉得在到处都是新鲜食材的地方，就没有必要吃这种含有防腐剂的食物了。而且方便面里钠的含量也比较高。你也知道，如果摄入过多的钠，不仅会引发各种疾病，也不利于减肥。

这样说着，突然想起了一段关于方便面的逸事。妈妈曾经跟儿童基金会的人员一起去塞内加尔，就是那个时候发生的故事。因为主要是为了儿童慈善宣传，我们去了一个非常贫穷的地方，在那里吃的东西真的是无法下咽，现在想起来还忍不住打寒战。拿起桌子上放着的面包，经常能看到下面有个巴掌大的蟑螂四处逃窜。这些东西我自然是不吃的。那个时候，摄制组的一位工作人员悄悄地对妈妈说：

“老师，我还私藏了一袋方便面，您要吃吗？”

终于等到大家都出去工作，宿舍里只剩下我们俩的时候，我决定把方便面煮了吃。当时心里特别激动。私藏方便面的那位工作人员真是太棒了，是一位长得很漂亮的年轻女孩。她说把方便面煮完以后再拿来，但是去了宾馆（对，名字是叫宾馆）的厨房之后，却空着手回来了。我很诧异，她回答说：

“宾馆主人的儿子（塞内加尔最高学府国立大学的学生，那个时候正好是假期，他暂时在家里住一段时间。他经常向我们这位漂亮的女工作人员表达好感）说要帮我们煮，然后用漂亮的碗端过来，所以就让我先回来了。不过，我已经把煮面的方法都告诉他了。”

我们美滋滋地坐着，等待着热气腾腾的方便面。因为刚刚感到一阵恶心，所以想喝点用辣椒粉煮的汤，想到这儿，竟然有种心潮澎湃的感觉。终于等来了敲门的声音。我们跑到门口，宾馆主人的儿子，那个长得帅帅的国立大学学生就站在门口。他把方便面一分为二，盛到宾馆最好看的两个碗中，还漂亮地摆着叉子。但是看到他端来的方便面，我立刻惊叫起来：

“噢，天哪，汤呢？”

他露出无法理解的表情。女工作人员向男孩儿提出抗议：

“你！我不是说过了吗？方便面煮完以后，要把汤也倒进去。”

国立大学生的回答是：

“是啊，然后我又把面捞出来了。”

老天啊！在他的概念里，面条是不跟面条汤一起吃的。

那么寡淡无味的方便面，还有那绝望透顶的感觉，妈妈到现在都还记得。

第九道菜

一味地给予只会换来背叛

心里憋闷时，来份菠菜大酱汤

妈妈以为你肯定会煮菠菜大酱汤，没想到你竟然不会。好吧，那我们今天就做菠菜大酱汤吧。这个汤一年四季都适合喝，因为做汤用的食材随时都可以买到。

妈妈在前面说过，菠菜大酱汤是妈妈二十二岁结婚开始独立生活之后，学做的第一道菜。那个时候妈妈还不会做饭，唯一会做的是煮方便面的时候在上面加一个鸡蛋。当时我们住的是一间十坪①的平民公寓，我特意加长了卧室里的电话线，可以一直拿到厨房，方便我做菜的时候给你外婆打电话（那个时候既没有无线电话，也没有手机）。这个汤的做法，就是你外婆教给我的。

外婆的声音，妈妈到现在都还记得。当时妈妈特别笨，什么都不知道。“妈妈，现在水煮开了。”“葱怎么放啊？”“蒜要切呢，还是拍呢？”一直问这些简单的问题。当时我们家前面有一个超市，妈妈下班回家的时候，经常去那里买五百韩元一袋的蛤蜊肉，再买一捆菠菜。那时妈妈刚刚参加工作，在一个小出版社当编辑，也没有钱去买什么好东西，而你外婆总是不厌其烦地教我。

---

①面积单位，10坪约合33平方米。

“这样就可以了？”

“首先把蛤蜊肉放进汤锅里，然后倒一些淘米水（用小银鱼汤和海带汤更好一些，如果什么都没有，直接加水也可以）。再加入满满一饭勺的大酱。等到汤煮开以后，放上事先用盐水焯过的菠菜，还有葱和大蒜。”

我很吃惊地问：

“这样就可以了？”

太不可思议了，味道这么醇厚的菠菜大酱汤，做起来竟然这么简单。妈妈特别讨厌生活中那些烦冗复杂的东西，做菜时也一样。所以妈妈把这个汤的做法再给你简化一下。超级简单的版本。

如果是能装三四碗水的汤锅，那就倒进三四碗水，再放上蛤蜊肉和一饭勺大酱。等到水煮开以后，就把洗好的菠菜放进去（不一定非要用水焯一下，前面提到过菠菜沙拉，做那道菜时剩下的菠菜直接拿来用就可以）。再放进一勺葱花（做大酱汤的时候，最好用葱白），一勺蒜末。完成！

这个食谱适用于所有的酱汤，像艾蒿、秋葵、牛皮菜、大白菜、麦苗等。

去年春天，我去了一趟北京，拜访了一位在那里生活的前辈。你应该知道吧，每年春天，北京有时会有沙尘。我在北京的那段时间，天空比较晴朗，但是每天早上都觉得嗓子疼，而且还咳嗽。

没有什么事情是理所应当的。

就像我还不会煮这简单的菠菜大酱汤的时候一样，

在煮汤之前，汤是不存在的。

不管多么容易、多么简单，

任何事物在它存在之前都只是一个泡影。

朋友们用各地的山珍海味热情地招待我。很美味，也有些油腻，而且每道菜的量都很惊人。妈妈待了四天，在回程的飞机上，看到面前的拌饭，激动得满眼泪花。我从来都没有虔诚地在饭前做过祷告，但是那次双手合十，真诚地感谢上帝，感谢他赐给我们这么精致素雅的美食，这么清淡爽口的蔬菜。

回来以后，妈妈煮了这个汤。煮的时候，只放了少量的大酱，味道非常清淡，还放了一些艾蒿。这个汤煮完以后，就像喝咖啡一样，把清爽的酱汤盛在一个大大的马克杯里，喝了一整天。然后感觉身体好像被冲洗干净了一般。

魔法汤

稍等一下，再给你介绍一道汤，你可以在休息日有时间的时候做。首先准备一个大汤锅，抓一把做汤用的小银鱼放进去，然后翻炒一下，能够闻到一股烤秋刀鱼的味道，这样就可以除去小银鱼的腥味。倒上水，放两张巴掌大小的海带，然后放在火上煮就可以了。

海带是一种比较奇妙的海草。妈妈长时间出门旅行的时候，都会带上一些，用餐巾把海带擦干净，切成三厘米大小的正方形，装进保鲜袋里，有很多种用途。首先，长时间坐大客车或者小汽车的时候，可以像嚼口香糖那样嚼几块，预防晕车。放在热水里泡一下，可以当作酒后第二天简易的醒酒汤，同时还有预防便秘的效果。剩下的那些，没事拿出来嚼一点，可以增加饱腹感，防止过量饮食。有一次，妈妈想自己一个人在宾馆里吃顿晚饭，就泡了一碗面，放进一块海带后，方便面的味道竟然发生了奇妙的变化。就好像动漫里那样，星星的图案被施了魔法以后，全都变成了闪烁的星星，就是那种奇妙的感觉。妈妈特别喜欢海带，而且这份感情与日俱增。

妈妈向你介绍的做法，其实适用于所有的汤类。做菜的乐趣其实就在于此，万变不离其宗。你可以先去超市，买一些小银鱼，用小干虾也很不错，也可以用煮干明太鱼汤时剩下的鱼头，味道也很好。如果没有海带，就放一些皮菜。可能很多人都不知道皮菜是什么，就是类似干蕨菜的野菜，把这个放进去，煮出来的汤会更加鲜美。皮菜从网上买就可以。挑选野菜的时候，可以选择嫩一点的，稍微硬一些的味道也不错。它价格便宜，而且含有丰富的矿物质，对素食主义者来说，不放小银鱼也完全不受影响。

这个时候，你还可以把冰箱里存放已久的萝卜放进去煮，那些用剩的萝卜块或者是已经蔫了的胡萝卜块，都可以放进汤里。本来放点香菇会更好，但是福岛核泄漏事故之后，考虑到重金属铯的问题，妈妈最近都不吃香菇了。香菇非常容易吸收铯这种元素，即使远在千里之外。有报道说，我们国家种植的香菇，铯的含量也超标。反正我是不吃香菇了。剩下的食材，一起放进去煮就行。妈妈是持家过日子的人，所以这些食材家里一般都有，如果你家里没有，放一些煮汤用的小银鱼和海带也可以。

休息的时候，就煮上一大锅汤，够吃一周的量，然后把它们装进塑料瓶里。煮汤的时候，整个屋子里都散发着浓郁的鲜香，一边等待，一边在旁边煮上面条。面煮熟之后捞出来，等汤水煮开以后，把热腾腾的汤水倒进面条里，这就是一碗美味的宴会面①。也可以切点小南瓜、胡萝卜之类的放上去，妈妈一般嫌麻烦，这一步就省略掉了。汤里一点盐也没放，尝一下味道。味道的秘诀在于酱汁，小银鱼酱汁或者玉筋鱼酱汁都可以。你会惊奇地发现，小银鱼、海带以及别的食材的鲜美味道，竟然都能品尝出来。

再放上几片美味的越冬泡菜，然后呼噜噜把它们都吃掉。吃完面，洗了碗之后，煮好的汤应该也变凉了。这时候把塑料瓶拿出来，放上漏斗，把汤装进瓶子里，然后写上日期，放进冰箱里冷藏。不管做什么菜，都可以用它代替水加进去一些，菜的味道会发生难以置信的变化。就比如说今天介绍的菠菜大酱汤，用这个汤水煮，即使不放蛤蜊肉，味道也非常鲜美。这个魔法汤适用于所有的菜，甚至煮方便面的时候也可以用。

---

①又称喜面，是韩国人宴会、婚礼上招待客人时常吃的一种面，韩国人在询问对方什么时候结婚的时候，常说："什么时候请我们吃面啊？"现在宴会面也是一种大众饮食。

给予和接受，很难把握

大锅里咕嘟咕嘟地煮着魔法汤，妈妈走到书架前，取出一本书来。那些又一次背叛妈妈的人，对他们的愤恨就好似烧完的柴火，一阵微风吹过，又重新冒出了红色的火星一般。他们给我带来的伤痕，又开始隐隐作痛。

说来真的很神奇，一味给予的A，却总会遭受一味接受的B的背叛。我不知道心理学家们对这种现象怎么解释，我把它叫作"从屈辱中扭曲地逃离"。一味接受的B从一味给予的A那里，得到很多他想要的东西，而在他的内心深处，愤怒和屈辱感也会与日俱增。因为，当B每次从A那里得到自己需要的东西时，自己的不足也就赤裸裸地暴露在面前。自己无法拥有的东西，A却全部拥有。日久天长，这种接受带来的感觉不再是感谢，更多的是屈辱。

其中有一个最典型、最新的例子，有一个女人为了让男朋友顺利通过考试，一直都在身边悉心照料，而当这个男人考试合格之后，却无情地将她抛弃，又找了别的女人。所以，在所有的关系中，特别是对于女人来说，很多时候"不给的东西"反而更重要。内心、时间、物质都是如此。除了婴幼儿以外，这个法则适用于所有的人。

给予和接受，真的很难把握。这主要是因为其中包含着非常微妙的感情和感觉，所以越是比较敏感、对彼此影响较大的亲密关系，越是很难把握其中的尺度。当然，对于那些在街边乞讨的人们，你还是应该向他们提供帮助。

妈妈慢慢地读着桑多·马芮的那本《余烬》。这是妈妈很长一段时间经常翻看的一本书，小说记载了一位老将军对自己年轻时一段经历的回忆。老将军年轻时，曾经给予过一位家境贫寒的朋友很多帮助，而这位朋友却跟他的妻子有染，老将军同时遭受了朋友和妻子的背叛。小说中讲述故事的老将军，就是一味给予的A。故事很简单也很老套。说它简单老套，是因为我们身边有很多类似的事情发生。但是这本小说最具魅力的地方，就是作者通过这个老套的故事，讲述了自己对人生痛彻心扉的领悟。

“你很恨我吧。这种恨应该跟爱一样强烈，一直纠缠着你和我。你为什么那么恨我呢……(家境贫寒的)你从未接受过（出身富裕家庭的）我的一分钱、一份礼物……只怪我当时太年轻，我早就应该发现这个可疑而又危险的信号。不愿意只接受一部分的人，他们觊觎的往往是所有，是全部……因为我拥有了你没有的东西，所以你才会对我如此憎恶……你的灵魂深处其实非常矛盾，你渴望变成跟自己截然不同的另一个人。对于一个人来说，没有比这更残酷的考验了。”

蔚宁，妈妈其实一度也非常讨厌自己，讨厌自己的眼睛，自己的身高，自己的脚，甚至自己的声音。而当你自己都讨厌自己的时候，那么全世界的人都会讨厌你。可惜这个道理，妈妈到现在才明白。

但是，现在妈妈已经不再讨厌自己了。虽然妈妈还是有点笨，有点冒失，而且喜怒无常，不过我已经可以完全接受了，也爱这样的自己。否则，我不可能在休息日愉快地煮这么一大锅汤。妈妈现在明白了，其实我一直是爱自己的，爱自己的眼睛，自己的身高，自己的脚，还有自己的声音。而且，现在全世界的人也都是爱我的。

没有什么事情是理所应当的。就像我还不会煮简单的菠菜大酱汤的时候一样，在煮汤之前，汤是不存在的。不管多么容易、多么简单，任何事物在它存在之前，都只是一个泡影。现在，妈妈就想好好地爱自己，多享用一些美食。妈妈不会再吃那些用存放许久落满灰尘的便宜食材，添加复合调味料做出的饭菜。蔚宁，这个休息日，不妨在家里打扫一下卫生，然后再煮上一锅魔法汤。中午的时候吃宴会面，晚上喝菠菜大酱汤配糙米饭，怎么样呢？

亲爱的女儿，人类的细胞每六个月就要更新一次。我们体内的细胞本来就因为快餐中的灰尘、廉价的油以及那些复合调味料饱受摧残，所以让我们的细胞多享用一些美好的东西吧，因为你是最珍贵的。

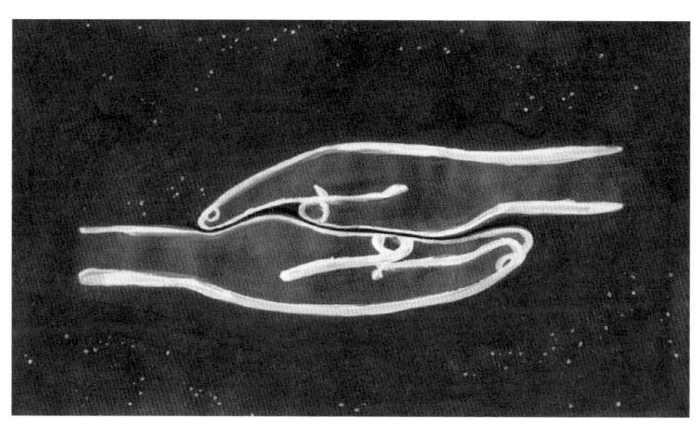

无论何时，我们都要认真地了解自己，要知道自己是谁，

这一点非常重要，也是我们必须要做的事情。

了解你内心真正想要的是什么。

顺着内心做出选择时，你就能够做到最好，也会得到幸福。

第二章

我们最终拥有的东西

第十道菜

越简单，越长久

“妈妈牌”五分钟料理，蒜油意大利面

真是每天都让人心情郁闷啊！想想看，都没听到过什么好消息。经济常常不景气，曲线图中的曲线一直向下弯曲，周围的人都生活得很辛苦、很艰难。想想街头那些失业的人、被解雇的人，还有失去再就业能力的人，就会觉得更加疲惫不堪。

有件事妈妈从来没有跟你讲过。很久以前，妈妈曾经有一段时间生活得特别悲惨，失去了拥有的一切。那个时候妈妈三十二岁，没有办法，只能非常凄惨地去投奔你外婆，而那时妈妈跟你外婆的关系一直不太好。你外婆当时非常生气，但还是勉强把门厅旁边那个两坪左右的房子空出来给我住。那时候，如果只拎着两个大包过去，还能看起来简洁干练些，但妈妈却舍不得仅剩的那点微乎其微的东西，所以把它们一包一包全都装进了方便面箱子里，一起带到你外婆家。妈妈把三十二年来所剩的唯一的行李堆在房间里，就像难民一样，为了给孩子交幼儿园的费用，开始写连载小说。那个房间小得放不下一张床，把被褥收拾起来之后才能放一张桌子，桌子上也就只能放一个笔记本。

不管怎么想，那都是妈妈人生中最艰难的一段时光（虽然客观来说，比那段时间艰难的事情还有很多）。当时真想开车的时候猛打方向盘，一下子冲进河里算了。我想，也许那个时候我不知道自己是谁，不知道自己想要什么，所以才会那样痛苦吧。虽然那时妈妈已经是一名作家，而且还是畅销书作家，大家都知道我挣了很多钱，但实际上我一分钱也没花过，那些钱财一分不剩地全都被抢走了。妈妈只是一个穷光蛋，一个离了婚的女人。

现在开始，所有的事情都归咎于你自己

这个故事有些冗长，妈妈只是想借此讲一下人生中的一些苦难。那个时候，有一天晚上，妈妈突然从梦中醒来，呆坐在房间里，看着像难民一样的箱子和铺盖卷儿，就那样一直呆呆地坐着。因为愤怒和背叛让妈妈不再有食欲，想借酒消愁，却怎么喝都不醉。妈妈就那样生活了一年，脸上长出了黑斑，还会经常痉挛。但是那天晚上真的很神奇，妈妈突然想：

“是，你失去了所有的东西，或许再也不可能东山再起。好吧，把这些过错都归咎在别人身上吧。百分之百全都是别人的错。就这么想吧。把恶毒的男女们都骂作混蛋。但如果因为这些连健康都失去的话，那就真的是你自己的责任了。在你生病痛苦的时候，他们是不会给你出医药费的。到现在为止，发生的所有事情都是别人的错；而从现在开始，所有的事情都要归咎于你自己。”

那天晚上，妈妈放下手中的酒杯，冲了个热水澡，然后换上

干净的内衣。依然是同一个世界，但那一刻感觉完全不一样了。妈妈之所以突然会想通，原因只有一个，直到现在还清楚地记得当时那一束照在身上的微弱的光。

是不是很艰难？很让人委屈、心痛？不要以为到了妈妈这个年纪和位置，就不会再有这样的事情发生。也许还会遭遇更多类似的事情。如果有什么不同，那就是我的态度。妈妈想再强调一下，生活并不全是鲜花。没有一个人的人生之路是铺满鲜花的，如果你能找到，哪怕只找到一个，妈妈也会满足你全部的愿望。

妈妈有一个朋友，几年前忽然变得一无所有。他是三个孩子的父亲，有一天被所在的新闻单位开除了。不久前妈妈碰到这位朋友，问他有关复职的事情。他是这么回答的："如果我用正当的方法，光明正大地复职的话，那失去的仅仅只是失业的这六年时光，但如果我并非光明正大，而是卑躬屈膝地回到工作岗位，那么将失去我二十二年的记者生涯。"

蔚宁，那位朋友曾在一个非常不错的单位工作，每个季节都会带着孩子去海外旅行，虽说不上富有，但生活上一直很宽裕。然而现在他的生活变得很拮据。搬过很多次家，孩子也不能像以前那样参加各种补习班了。在你的想象中，他会变成什么样子呢？耷拉着肩膀，步伐摇摇晃晃的，嘴里呼出廉价的酒气，黑乎乎的胡须布满脸颊？错！他精力充沛，四处忙碌，有点出乎意料吧？那位朋友开始了新的生活。妈妈知道，他现在跟妈妈当时的想法是一样的。

他来到了一个几乎没有报酬，但可以提供采访素材的独立新闻机构工作。“再也不用看那些龌龊的人作威作福的样子，反正是让人心里舒坦的地方。”他脸上露出光芒，肩膀也挺得更直了。他现在每天坐公交，不再坐着电视台的豪华采访车四处走动。但是我能看到他眼里闪烁着光芒，之前那个安于现状的他，现在脑袋里全都是新鲜的创意。

如果他还在自己那个位子上，会怎么样呢？他一定会非常痛苦吧。钱很多，但是周围的人却很龌龊，所以可能会经常泡酒吧。而且因为讨厌那个卑躬屈膝的自己，也许会变得更加尖酸刻薄。所以，如果他没有失业，妈妈更为他感到心痛。蔚宁，我们到底是为了什么生活呢？

伤害我们的是我们的看法

蔚宁，古伦神父[①]曾引用过爱比克泰德[②]的一句话：

“伤害我们的并非事情本身，而是我们对事情的看法。”

看法也可以说是态度。比如说，伤害我们的并不是贫穷，而

①德国畅销灵修书作家。

②古罗马最著名的斯多葛学派哲学家之一。

是我们对贫穷的看法；学历也不会伤害我们，真正让我们受伤害的，完全是对学历的看法和态度。

当然，如果家境贫寒、肚子里没有墨水，肯定会给我们带来诸多不便，不利于个人发展。如果你对一件事情的看法是正确的，那么这个观点同样也应该获得周围所有人的认可。但是也有一些人，他们并不把贫穷和低学历看作是不幸。

生活中总会有很多意外。没有子嗣的人，不论古今中外一直都被视为最大的不幸，而在当今社会反而会成为令人羡慕的潇洒情侣。过去，一般家里有六七个孩子的父母，大多数都是目不识丁的穷光蛋（就像兴夫[①]一样）。但现在，好像只有非常富裕的人才能养育这么多孩子吧。还有一直遭人唾弃的同性恋，现在只是个人性取向问题。原本受命运捉弄的残疾人，现在能享受国家的税收优惠政策。

给你讲个笑话吧。你知道吗？过去腿短的人很吃香，大家都觉得这样的身体比例是最棒的。以前妈妈去庆尚北道安东的时候，一位老奶奶这么说过：

“男人，得坐着的时候高才行。”

什么？妈妈当时又追问了一遍。我们听完都顾不上礼仪，忍不住捧腹大笑。想想看，想想我们国家的儒生文化，那些儒生们

---

①古典小说《兴夫传》中的人物，创作于高丽时期。

+50%
50
-50%

聚在一起的时候，常常要坐在一起畅谈，所以那个时候坐着很高的话，应该跟现在站着很高一样有优越感吧。韩服的设计正是为了强化这一点，上短下长，可以完全遮盖腿部曲线。

自卑感、优越感，其实都源自于我们对幸福的追求。想要身材苗条也是同样的道理。为了追求幸福，才会减肥。如果胖子生活得很幸福，也能够自我满足；如果没有高学历也毫不介意，同样能够充满智慧地生活（因为妈妈身边也有很多这样的人，他们英语、数学这样的课程不太好，却非常有内涵，有修养），那么还会有什么问题呢？为了减肥，患上了抑郁症；为了整容，丢掉了性命……每次从朋友那儿听到这样的消息，我都感到仓皇无措。什么？丢了性命有点过分，但如果能让自己变成“排骨精”，即使患上抑郁症也是好的？哦，天哪！

我们最终拥有的东西

如果不是万不得已，一定不要吃快餐食品，可以先存放着。虽然可能多花费一些时间和精力，但还是要自己做一些好吃的。尝试一下“妈妈牌”五分钟料理怎么样？前面妈妈说得有些啰唆了，这次就做蒜油意大利面（Aglio e Olio）吧。

需要准备的材料有橄榄油、意大利面，还有大蒜。（除此之外，还可以准备一些干红辣椒，青阳辣椒[①]也可以，反正差不多就行。）怎么样？五分钟有点太苛刻了，十分钟完成吧。

首先在锅里倒上充足的水，然后撒上一撮盐，把水煮开。煮的过程中，拿出平底锅，倒上足够的油，然后把切成薄片的大蒜炒一下。嗯，爆炒大蒜的香味真的很棒！可能的话，可以把干辣椒咔咔切碎扔进油锅里。在东南亚料理专柜卖的辣椒最棒，一袋的量不多，你可以买回来放着，放一些会很不错，没有也无所谓。如果是青阳辣椒的话，切一根就可以了。水煮开后，把意大利面放进去。根据妈妈的经验，拇指和食指捏在一起，中间所聚成的圆的量大概就是一人份的量。食量小的人可以把圆缩小一些，食量大的话就抓一个大圆的量。然后等七分钟。只要七分钟就可以。用夹子把面捞出来，直接放进旁边的平底锅里。完成！怎么样，比做方便面简单而又快速吧？

妈妈非常喜欢这道意大利面。越吃就越觉得，它的味道要好过任何一种意大利面。实际上这也是意大利人平时在家最常吃的一种，这可是一位从意大利留学回来的后辈悄悄告诉我的。果然是越简单，越长久。人也是如此，关系也是如此，就连人生也是如此，越是简单的东西，越是美好。没有理由，就是觉得很好，想要珍惜……

---

①韩国青阳地区种植的一种非常辣的辣椒。

面煮到熟而有嚼劲的程度时，口感是最好的，吃着热腾腾、香喷喷、透明而又简单的面，不知道你能否明白一个道理？我们不可能把一日三餐都准备得非常精致。财阀、常务、部长，以及穷人都是如此。二十年前，妈妈辛辛苦苦搬到你外婆家的那个方便面箱子，里面装着妈妈所有的行李，可现在却一件都没有留下。所以，现在就好好想一想，我们最终拥有的东西到底是什么？

第十一道菜

男人不会改变，也不会想要去改变

先尝尝泡菜拌面吧

蔚宁，妈妈先不回答你的问题，咱们先聊一下面条吧。从面条开始说起，是因为人们在饥饿和饱腹两种不同的状态下，思考的方式是不一样的，人的身体真的很奇妙，也很让人无可奈何。当然，吃饱饭也不会让人的意识形态发生根本改变。(不，也会发生变化。妈妈身边就有很多人，在吃饱饭之后想法也发生了改变。)越是敏感尖锐的话题，特别是感情问题，越是如此。所以，我们还是先吃点什么吧。

你坐着的就是花纹席[①]

在休息日或是睡不着觉的晚上，如果感觉肚子有点儿饿，而又懒得出去买，就想着在家里简单凑合一顿。这个时候，你不妨做一个泡菜拌面。泡菜拌面和宴会面都是妈妈最喜欢的。妈妈还曾经想过开一家面条店呢，就用泡菜拌面作为招牌。嗯，妈妈一般在写作不顺利，或是不想写的时候，就会考虑如果不写作的话，

①韩国的一种带花纹的手工编制的席子，其中江华花纹席最为有名，从高丽时期流传至今，是韩国的物质文化遗产。

用什么挣钱好呢。那个时候，妈妈就幻想着开了一家面条店，店面已经装修完毕，而且还开发了一些新的菜品，面条店的生意非常红火。开面条店可比写作轻松容易得多，还非常有趣，又一点儿都不累。

每当妈妈沉浸在美好的幻想中时，编辑就会发来短信："老师，我在等着您的稿子呢。"唉，人生就是如此，就像具常诗人的那句诗，"你此刻就坐在花纹席之上"[①]。每当这个时候，妈妈就会重新领悟到这句话的真谛，然后坐到电脑前开始工作。好吧，今天就把咱们家的独门泡菜拌面的做法教给你。

首先把煮面的水烧开。在烧水的过程中，把泡菜拿出来切好，如果是两人份的量，那大概就是一小把泡菜，倒进去两勺酱油，一两勺糖（妈妈比较喜欢吃甜一点的面，所以大概放两勺。也有人不太喜欢甜的味道，那就放一勺），香油随意，芝麻也随意撒上一些，然后搅拌一下。水开以后，放入面条，等到水煮开快要溢出来的时候，倒入一纸杯凉水，再煮一分钟左右，接着快速把面捞出来放进冷水里凉一下。这样面条才会筋道有弹性。如果有客人来，可以切一些黄瓜丝放上，再煮一个鸡蛋，切一半放上。

这么简单的面，会让你不经意地爱上。也可能是饭店里买不到，人们才这么喜欢。年末招待客人的时候，在大鱼大肉之后上一份

①出自韩国诗人具常的《花纹席》一诗。

泡菜拌面，大家都非常喜欢；也可以当作夜宵招待朋友，他们会很开心的。妈妈小的时候，常常把这个泡菜拌面当作周日的午餐。说来也奇怪，外婆做的面条，虽然没有放什么调料，却十分好吃。如果想配个汤，那就用妈妈前面教你做的那个汤吧。用酱汁调一下味儿，然后再撒上一些葱花，非常棒。也可以和鱼饼一起吃，要是再来些蒸饺就更完美了。

为了拌面准备的泡菜，它的用途非常广泛。最好记住这个简单的做法。做紫菜包饭的时候，可以放泡菜，这样就成了泡菜卷（再放上一些黄瓜丝就更好了），如果把它放在宴会面中，就是绝佳的配菜。做紫菜卷的时候，可以用这酸爽的泡菜代替甜萝卜，就成了泡菜紫菜卷。每当出去郊游的时候，你的外婆都会用这种泡菜做成紫菜卷带着。做的时候一定要先挤掉泡菜里的水再拌，这样汤水就不会流出来了。在郊外，享用着酸甜可口的泡菜，真的非常棒。

怎么样？先吃面条吧。既然你今天的压力比较大，那就稍微拌得甜一些，唔唔……再喝上一碗漂着葱花的热汤。好了，现在可以跟妈妈面对面地坐下来聊一会儿了。

不会改变的男人

我们来聊一下你的朋友，聊一聊她在收到男朋友分手通知之后的痛苦吧。妈妈小的时候比较蠢，为了反抗男尊女卑的错误思想，一直努力思考男女之间的差别到底是什么。那时候常常带着西蒙娜·德·波伏娃的《第二性》，上面写着男人和女人之所以不同，是因为男人出生后盖的是蓝色被子，而女人出生后则盖粉色被子。妈妈那个时候太单纯了，对这个理由深信不疑。

我们模仿男人的穿着，把头发剪得短短的，不再穿裙子之类的衣服。我们贬斥那些把自己打扮得女性化的人，认为那样的人比较庸俗、依赖性强。我们刻意穿上宽松肥大的T恤和夹克衫，让自己的胸部看起来不那么明显。现在想想，那时候正是妈妈的胸部最挺拔的年龄，就那样一直被遮挡着，太可惜了。我们就在那样的状态下，谈了恋爱，结了婚。现在看来，在那样的状态下，男女之间发生矛盾自然是无法避免的。即使没有那样的想法，男女之间发生争执也是很自然的。

这个话题以后肯定还有机会再说，现在先就此打住。妈妈想要强调的重点是，在地球上，男人和女人只是有着共同的血型，实则是完全不同的人类。第一，男人不会变，也没有要改变的想法。如果女人想让男人因为自己而改变，那男人宁愿跑到原始森林学习如何跟大猩猩一起生活。男人要是有为女人改变自己的想法，那他在来到你身边之前，肯定已经被他的母亲改变过了。

都说江山易改，本性难移，而男人应该是其中最典型的代表。女人因为天生的母性基因，在一定程度上会发生改变。只有女人的身体才会在青春期呈现出明显的曲线。而且，女人在怀孕的时候，体重和身体都会发生变化，生完孩子以后，还要给孩子喂奶。成为母亲后，一直以来的夜猫子生活习惯也要改变，早上必须早早地起床，妈妈就是其中的典型。

交往中的男女，在看到了彼此的缺点之后，女人一般会怎么做呢？一般都想着忍耐过去，或者让自己试着改变吧。如果我对他再好一些，如果我向他推荐一本书，如果我在他演讲的时候去接他，如果去求他……想着也许这样做，他就会有所改变。因为不管什么时候，我们都愿意为所爱的人改变。如果他不喜欢胖子，那我就下定决心减肥；如果他喜欢长发，那我就把头发留起来；只要他喜欢，我就愿意穿着裙子去约会。我们会为了肚子里的孩子，把啤酒、咖啡全都戒掉。这就是女人。

那男人又会怎么做呢？他们在发现对方缺点后会做什么呢？答案是“忍耐或者分手”。因为在他们的意识里，我们跟他们的想法是一样的——他们认为：“不管我做什么，她都不会改变。”

现在是不是有点儿明白了？

与其那样，不如让自己……

“不是的，妈妈，我认识的一个哥哥，他在遇到那个姐姐之后突然就收心了，把烟和酒都戒掉了，完全变成了另外一个人。”你不要跟妈妈这样说，这些只不过是恶魔为了诱惑女人耍的手段。女人用了数万年的时间想征服男人，但始终都是徒劳。即使是亲手养大的儿子，在荷尔蒙发生变化的青春期也会违背妈妈的意愿。所以，女人又怎么能改变男人呢?

如果说一个男人在遇到一个女人之后发生了改变，那是因为那个男人下定决心想改变自己。即使没有遇到那个女人，遇到的是别的女人，又或者新养了一条狗，养了鸡或是刺猬什么的，他也会变成那样。我敢跟你打赌，赌五百元韩币。我们没有能力去改变他人，你可以把这当成不幸，也可以庆幸。与其改变别人，不如用那些时间好好劝劝你的朋友，让她把自己变得更好一些。

还有一点，试图改变别人只会令人愤怒。我们想要掌控一个人（仔细想一想，这其实是女人最大的缺点。掌控一个人的方法很多，“施加负罪感”就是最常用的技巧，比如说“因为你连饭都没吃啊”，“因为那句话我一晚上都没睡”，“因为你我才过得这么累”，等等)，想要改变他这个意图，已经包含了“现在的你糟糕透了”这样的潜台词,暗含着“我很难再去爱现在的你”这个信号。虽然没有说出来，也没有写出来，但这个世界上有很多人都非常关注这种信号。也许你自己都是其中一个。

相信你会问妈妈:“那么恋爱到底是什么呢？不就是互相影响，为对方做一些适当的让步吗？”恋爱中的人当然会互相影响，为

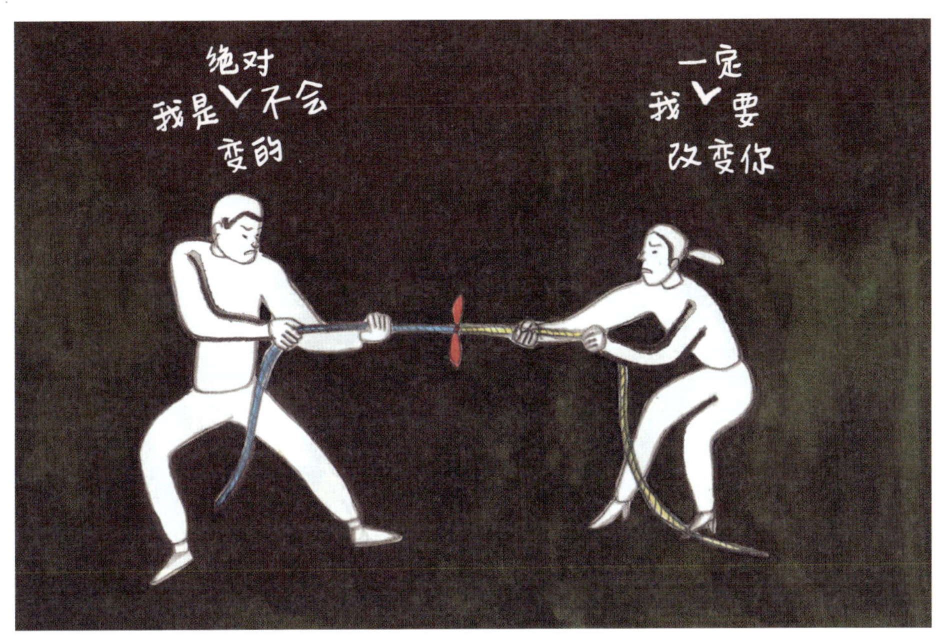
绝对
我是不会
变的
一定
我要
改变你

了对方，我可以放弃自己喜欢的炸酱面，选择辣海鲜面；为了对方，我可以不穿超短裙。但也仅此而已，如果还有更多要求的话，那你就是站在神的立场，想要重新创造人类，以后对你的孩子也是如此。这个世界上任何生命都不是由你掌控的。妈妈也曾痛彻心扉地明白一个道理——“你可以改变的人，只有你自己”，现在领悟得更加深刻了。

告诉你的朋友，即使拥有再多的头衔、再高贵的价值，人们想改变自己也是一件非常不容易的事情，只有深切体会到这一点，才不会为了改变别人浪费时间和精力，破坏彼此之间珍贵的感情。

因为今天招待朋友，泡菜拌面就拌得甜一些吧。陪朋友一起狠狠骂完那个男朋友之后，可以聊一聊现在该怎么改变自己。妈妈相信你们今天会过得很开心。

第十二道菜

区分哪些事能做到，哪些事做不到

想吃点特别的东西时，来份甜辣虾

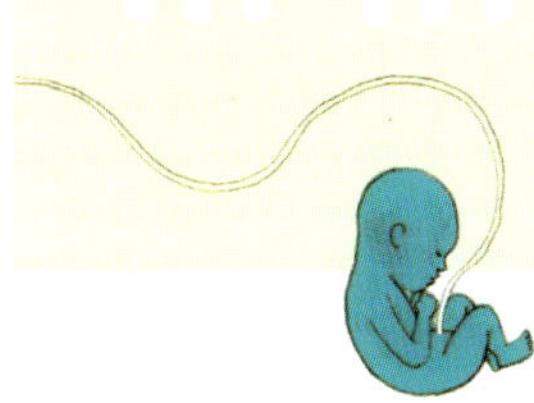

今天你难得回家一趟。你问妈妈上次提到的《第二性》那本书。首先妈妈希望你一定要读一下。它可以称得上是迄今为止反映女性解放问题的经典，其中包含许多人生感悟和智慧。妈妈虽然因为那本书犯过一些错误，但只是当时的思维过于狭隘，并不是波伏娃的错。妈妈再次提起曾经犯过的错，是想帮助你更好地理解书的内容，更全面地了解人类，尤其是男人和女人。

与生俱来的和无法做到的

女儿，前面妈妈已经讲过，妈妈以前单纯地认为男女之所以不同，是因为他们小时候所盖的被子颜色不同，有蓝色和粉色的差别。所以，妈妈在你出生以后，有意不给你买娃娃，而是买小汽车（妈妈没有给你买机器人，作为女人，妈妈本身也不喜欢），还有动物玩偶。反正不管怎样，尽量回避那些女性化的东西，连给你盖的被子都是蓝色的。

有一天，妈妈发现你在玩过家家，你把小汽车放在床上，然后给它枕上枕头，盖上被子，还唱起了摇篮曲。噢，天哪！那时候妈妈脑子里就在想，这肯定是受你奶奶和外婆的影响。看来，只有我一个人努力是不够的。每个人刚出生时都是一张白纸，怎样描绘就会有怎样的人生。原本毫无性别意识、一尘不染的你，却感觉好像被人添加了颜色。

从那以后，妈妈就更加努力地让你在成长的过程中避开女性化的东西，还为此向你的奶奶和外婆发火。妈妈太小看人类的基因了。现在想想，那时候真是傻得无可救药。后来你的弟弟们出生了，那时候妈妈才渐渐明白，每个人都是与众不同的，男人和女人天生就不一样。

虽然没有给他们买过毛绒玩具，但是有时间的话，我还是想买一些熊啊、兔子啊之类的玩偶，而不是总买小汽车和机器人。妈妈觉得对于男人来说，有一些母爱不是坏事，所以妈妈会让小家伙们把玩偶背在背上，还给他们示范哄睡觉的方法。小家伙们学着妈妈的样子给玩偶盖上被子，那么充满关爱，而当他们在遇到危险的一瞬间，又会把这些玩偶当成盾牌和武器。有一次，两个小家伙一人手里拿着一个小熊，把它们当作刀枪来打仗。看着他们，再想一想你小的时候给小汽车盖被子、哄它们睡觉的样子，才真切地感觉到男女间的天壤之别。

从那以后，妈妈变得非常低调谦逊，承认你们与生俱来的性别差异，懂得了我们应该区分哪些事情后天可以做到，哪些事情我们永远无能为力。实际上，妈妈也越来越清楚地认识到，很少有人能对自己无法做到的事情了然于心。

以前，妈妈采访过著名的伽倻琴演奏家黄秉冀先生，他说自己在上中学的时候，有一次看到有关伽倻琴培训的广告，当时就跑过去，还说要把自己的一生都献给伽倻琴。其实当时并不知道伽倻琴是什么，只是看到了伽倻琴这几个字而已。钢琴家白建宇先生也讲过类似的故事。还有很多更荒唐可笑的故事呢。

妈妈的小说《凤顺姐姐》在保加利亚出版的时候，妈妈去了一趟首都索非亚。他们问我想参观什么地方，我就说想去看看索非亚城外还住着吉卜赛人的村庄。他们就把我带到了坐落在吉卜赛人村庄的韩国改新教[①]的小教堂。我去的时候那些人刚好做完礼拜，有几个吉卜赛少年留在教堂里玩耍。他们用风琴弹奏着妈妈也非常熟悉的赞美诗。我就问："这里也教孩子们风琴吗？"一位传教士回答："不是的。这些孩子今天是第一次来，第一次看到风琴。我刚才用风琴弹奏了赞美诗，他们听完几遍就会弹了。"

他们告诉我，吉卜赛孩子们无法接受学校教育。我突然想起以前在一本小说里看到过，吉卜赛人天生具有音乐细胞，但是还是觉得不可思议。基因、才能，我从来没有想过这些东西竟然会如此神奇。妈妈那时候才明白，自己从五岁开始学习钢琴，一直到六年级也没能练完"拜厄"，也是情理之中的事情。这也算是给

①韩国三大宗教之一。1885 年从美国传入的基督教，本土化之后称为改新教。

自己一些心理安慰吧。

现实往往比想象的还要充满戏剧性。圣方济各[①]曾经这样祈祷："主啊，请赐予我智慧，让我能够区分哪些事情我可以做，哪些事情我做不到，并将我能做到的事情交付于我，做不到的事情请求主替我完成。"由此可见，他正是因为看透了人生，才能如此洞若观火。实际上，对于我们来说，最重要的事情就是认识自己是什么样的人，而自己与生俱来的东西又是什么。

妈妈如果为了成为一名小提琴家或者钢琴家，把所有的精力都放在练习上，每天坚持十个小时——当然这是绝对不可能的，但要是父母每天拿着鞭子，迫于压力而不得不练习的话——那应该也成了一名不错的演奏家，也可能会成为一名不错的老师。但事实上妈妈绝不可能成为一名优秀的演奏家。也许之后的某一天，妈妈会突然拿起笔开始写作，并宣布："我以后要靠写作为生！"这就是我们需要了解自己的原因。

想吃点特别的料理时

今天难得想准备一份特别的料理招待客人，或者想吃点特别

---

①又称亚西西的圣方济各或圣法兰西斯，天主教方济各会和方济女修会的创始人。

的东西时，就来份甜辣虾吧。上次妈妈在家招待客人的时候就做过这道菜。这个也很简单，这一点应该在你的意料之中吧。

首先准备十只冷冻的大虾。先在常温下解冻，然后清洗干净。在背上第二节虾壳的缝隙处用牙签穿透，把虾线挑出来。去掉虾线比较好，如果你觉得麻烦也可以不去。用一个大一点的平底锅，倒上油，然后把带皮的虾放进去煎熟。等到灰色的虾变成像虾条一样的红色时，把它翻一下，等到另一面也煎熟了，就盛到盘子里。这时候整个屋子里都弥漫着虾的香味。接下来就该做甜辣酱了。

洋葱一个或者半个（你自己随意），青阳辣椒或者彩椒一个，然后切碎。（知道吗？放青阳辣椒的话虽然非常辣，但是味道比较浓烈；而放彩椒的话，味道就比较柔和。）如果你不想切碎，就切成细长条。也可以放上胡萝卜。用刚才煎虾的油把这些菜炒一下。等到洋葱变透明之后，放上五勺番茄酱、一勺糖、五勺甜辣酱（如果没有，可以用同量的番茄酱代替），如果可能的话，再倒上一两勺烧酒，或者啤酒、清酒，白葡萄酒也可以。等到咕嘟咕嘟煮开，再把刚才煎熟的虾放进去，稍微翻炒一下，让虾入味。完成。

可以再配上一些别的菜，根据你自己的喜好，可以放一些蒜泥，也可以撒上一些辣椒粉。你的喜好是最重要的。反正怎么吃都不会死，所以就大胆地尝试吧。你知道那些会穿衣服的人的秘诀是什么吗？因为他们以前买过很多没法穿的衣服。那么会做饭的人的秘诀又是什么呢？就是因为他们做过很多失败的菜。所以不要担心。而且这些材料不管怎么放，都吃不死人，反而还非常美味。

把做好的虾装进盘里，吃的时候一只一只地放到面前的盘子里，剥去虾皮就可以吃了。剥的时候，外面的酱汁会流到虾肉上，味道很棒。如果手洗干净了，那不妨吮吸一下沾到手指上的酱汁，味道很不错的。

你知道吗？听说虾尾中含有一种成分，可以减少虾肉中胆固醇的摄取量。虾煎熟以后，头和须子的味道也很不错。吃完虾肉以后，可以把虾的须子和头部、尾巴上的外壳收集起来，然后用大火炸一下，味道可要比虾条棒多了，这就是一道下酒菜甜辣虾。吃完饭，可以把这个当作餐后点心，再配上啤酒和红酒，大家都会赞叹不已。

这道菜最大的优点就在于，首先分量看起来很多，也很有档次。因为是虾，而且是大虾。另外，感觉已经吃了很多，但肚子一点也不撑。这一点是现代饮食中的一大美德。

如果你不太喜欢这样吃的话，也可以准备一个平底锅或是大一点的锅，在上面铺满粗盐，然后把虾放上去，盖上锅盖。等到蒸汽上来，虾变红以后就可以吃了。这也是用虾做的味道非常不错的一道菜。中秋节的时候大虾比较新鲜，妈妈一般会在那个时候这样做着吃，非常美味。

品尝的时候来一杯白葡萄酒吧。

妈妈说过，

不要想着改变别人的口味来迎合自己，

因为别人同样想改变你的口味。

所以，最好还是适当地保持点儿距离。

有时候，内心要比我们懂得更多

品尝的时候来一杯白葡萄酒吧。妈妈说过，不要想着改变别人的口味来迎合自己，因为别人同样想改变你的口味。所以，最好还是适当地保持点儿距离。

百合花不可能像玫瑰一样带刺，喇叭花也无法亭亭玉立，但不要因此而羞愧，或者想要改变什么。在你想要改变的瞬间，内心已经意识到你对自己的否定和厌恶。有时候，内心要比我们懂得更多。讨厌自己的人，他们的内心绝对不会听从他们的安排。只有当我们的内心真正感受到爱，感受到充分的肯定和认可后，才会愿意改变自己。当然，前提是不能超出你与生俱来的天赋。

蔚宁，你不要觉得这些话听起来让人绝望。我们必须要明白，在现在的社会，所有的人都要遵从这一规律，哪怕只有一点没做好，你也将带着负罪感生活。因此，无论何时，我们都要认真地了解自己，知道自己是谁，这一点非常重要，也是我们必须要做的事情。艺人穿什么衣服，朋友弹什么乐器，这些都不重要。了解你内心真正想要的是什么。按照内心做出选择时，你就能做到最好，你也会得到幸福。是这样吧？

第十三道菜

为了生存而劳动，劳动让我们得以生存

为智异山的朋友们干杯，拌牡蛎

赚钱是件崇高的事情，为了赚钱而从事体力或脑力劳动是十分神圣的。尤其是体力劳动，非常有益于身心。人们可以在不怎样使用大脑的情况下，只靠身体从事劳动（当然，是比较而言更多地使用身体的劳动），却无法只靠大脑进行工作（就连斯蒂芬·霍金也无法做到）。因此，所有的劳动其实都可以称得上是体力劳动。写小说也是如此，虽然大家都认为这种工作只靠大脑就可以。

妈妈曾经说过，小说家最大的美德就是拥有强大的臀部力量。啊，这话从我嘴里说出来感觉有些可笑。不过，我个人认为作为一名小说家，最大的美德就是能长时间坐着。这就需要臀部和腰部都非常结实有力。

妈妈的一位教授朋友也说过类似的话，他说对于做学问而言，腰部和臀部的力量非常重要。所以从某种意义上说，所有的劳动都是体力劳动。

只有亲身劳动过才能懂得

亲身从事过体力劳动的人，从中获得的最大收益就是变得低调谦逊。你也知道吧？像家务活这种日复一日、没完没了的事情，我们在做的过程中会自然而然地体会到人类的极限。看着别人（主要是妈妈）做的时候，总觉得是理所当然，非常简单，但是一旦自己做，才会意识到身体远比自己想象的弱。只是搬重一点的东西，就会腰酸背疼。像收拾抽屉这样的事，也比预想中花费的时间长，累得筋疲力尽。

炎炎夏日在田间锄草，在稻田里插秧，又或者是砍柴和秋收时节，都能让人对谦逊有种醍醐灌顶的感悟。很多事情只想而不做的时候，觉得不过是信手拈来的小事，不管多少都可以应对自如，而真正去做，你就会发现原来有多么辛苦。所以，即使自己不从事这些劳动，但在让别人做的时候，我们也不应该轻视，当然也不应该歧视从事这些劳动的人。所谓的“作威作福”，是没有亲身劳动过的人才有的行径。

总之，妈妈可以断言，不劳动的人最终只会走向堕落。堕落可以分为很多种，个人的堕落会导致整个国家的堕落。堕落本身具有毁灭整个国家的可怕力量。想想看，为什么世界史中，每个国家的灭亡都与“人性的堕落”有关。

这样讲可能过于以偏概全了，但是如果从体力劳动与国家精神之间的关系分析这个问题，就会发现（即使是极度轻视体力劳动的罗马帝国），在帝国扩建的时期往往需要大量活跃的体力劳动，但是人们却没有把体力用于这一方面，因此便引发了人性的堕落。

劳动
体力劳动

人性的堕落本身并不是什么大问题，因为没有人想用纯洁的人性来引领帝国的发展。只是身体的能量失去了运行的方向，但是好像没有用人性的堕落来表述这个概念。实际上，在一些研究罗马帝国末期饮食生活的作品中，你会发现其中记载着罗马帝国末期贵族们过着纸醉金迷的腐化生活。

列夫·托尔斯泰的小说《克鲁采奏鸣曲》就讲述了这样一个发人深省的道理。过剩的营养如果不通过体力劳动消耗，那么最终将导致人性的执念与堕落。所以说，营养过剩和体力劳动的缺乏最终将带来万物的毁灭。佛教大师们坚持素食，还有妈妈曾经访问过的一个欧洲修道院要求晚餐非常简单，大概都是出于这一原因。妈妈常去的坐落在庆尚北道漆谷郡倭馆邑的圣本笃[①]修道院倒是对晚餐没有节制，依然很丰盛，但是他们非常重视体力劳动。

在你们稍微长大一些之后，妈妈就不再像以前一样雇保姆了，也是出于这个原因。因为妈妈明白了，日复一日、没完没了的家务活，能够让人低调谦逊，头脑更加清醒。当然，这并不是说妈妈非常喜欢干家务，不要误会啊。

妈妈之所以这么清楚地讲明这件事，是因为你曾问我："妈妈，有不用挣钱就能生活的方法吗？"是，应该会有不用挣钱就能够

---

①又译圣本狄尼克，意大利天主教教士，本笃会的创始人，被誉为西方修道院制度的创立者。

生活的方法。有很多人光靠继承的财产就能很富足地过一辈子，甚至下辈子。在追究他们的道德品质问题之前，我想先说明一点，我们并不属于那一类人，这一点毋庸赘言。那么就只剩下一个答案了——没有！

抛去所有贪欲的劳动

但是，少挣点儿钱也能生活的方法倒是有。妈妈写过一本名为《智异山幸福学校》的书，讲述的是一些朋友们提出了一个普遍的问题："如果生活中的花销少一些，是不是就可以不用挣很多钱？"经过一番思索，他们最终决定到智异山去生活。其中一位是鳍鱼诗人①。他所有的粮食都是靠自己的双手耕种，自己腌制大酱和梅子酵素，自己制作柿饼，晒干野菜，炒茶叶。我们前去拜访的时候，他甚至还亲自下厨做菜。所以你现在应该明白了，不挣钱的生活并不等同于不劳动的生活。

还有智异山的"崔道士"，他的程度甚至胜过鳍鱼诗人。他曾经在崔参判府②的外景拍摄地负责停车工作，一周两次，年薪两

---

①即朴南准，韩国诗人。

②位于庆尚南道河东郡，坐落在智异山下的蟾津江旁。这里除了是影视剧的外景拍摄地，还是重要的文学村落。每年秋季，来自韩国各地的文人会聚集在这里参加文学庆典。

百万韩元，为此他还非常得意。但是最近，他却把那份兼职给辞了，每天待在家里。他现在的生活岌岌可危，介于流浪汉与普通人之间。（当然他非常讨厌听到这样的话。偶尔来首尔的时候，他总会花一番工夫收拾一下，却还是有人以为他是流浪汉而悄悄溜走，搞得他很恼火。）

他现在基本上不再靠劳动挣钱，每天只是“蹭饭吃”。但是，他会自己去砍柴，然后背回山间小屋，自己耕田种地，还亲自摘了山柿做成柿饼，送给那些需要感谢的人。在我认识的人中，他的劳动算是最少的，但只要村子里有事儿，他都会热心地跑下去帮忙。所以，同样也不能说他不劳动。他曾经对妈妈说过这样的话，当他决心要到智异山去过不花钱的生活，从那一瞬间开始，他就完全抛却了对于吃、穿以及所有安逸享乐的贪念。其实他一天只吃一顿饭，衣服也只有三套左右，连衣橱也不需要。

蔚宁，妈妈也见过很多家财万贯、博学多才的上层人士，说实在的，他们中间基本没有看起来过得很幸福的人，当然也没有看起来过得很不幸的人。这些人不幸的概率比妈妈见过的穷人要低得多。因为在很多的情况下，不幸在一定程度上可以用金钱来缓解。但妈妈见过的这些人，至少看起来都比较“枯燥无味”。

妈妈并不清楚其中的原因，但是经常会有这种强烈的感觉。他们每天都穿着不同的衣服，到各地去旅行、打高尔夫、骑马、骑山地车或者玩快艇，每天的生活看似都过得多姿多彩，甚至可以随意更换舞伴和性伴侣，我却觉得他们生活得非常乏味。就好像拥有得太多，人们就会变得有些“麻木”。妈妈之所以不想跟他们走得太近，一方面是因为“我们的身份地位有云泥之别”，另外一方面就在于此。

怎么说呢？生动鲜活的灵魂，悠然自得的心境，朝气蓬勃的生活，在妈妈看来，最具备这些要素的人应该是诗人和神职人员。你觉得不可思议？是啊，有点不可思议。妈妈一开始的时候也完全没有意识到。小说家，尤其是畅销小说作家不属于这一类。虽说诗人和神职人员位居其中，但如果贴上“家喻户晓”的标签，那他们就不再属于此类。

妈妈后来仔细想了一下这些人的共同特征，那就是人文修养和轻松的心态。

什么是轻松的心态呢？在这个世界上，金钱、土地、家、房子、电子产品、汽车或者人际关系，都是人们难以承受的重负，而那些人却对此毫无执念，也从未想到要去守护。他们关心的是山野树木、江河湖海、宇宙星空这些更有价值的东西。像妈妈一样喜欢享受人生的人们，妈妈常常会跟他们一起喝烧酒，一起吃五花肉或者更便宜一点的生鱼片，一同感受人世间的诙谐与幽默。你会从中感受到人生的意义和乐趣。

妈妈也要去买一袋牡蛎当晚饭，

只是妈妈还需要一个小酒杯。

为了神圣的劳动干杯

妈妈并不是要求你过这样的生活，只是想让你知道，人世间还有这样的一种生活存在，甚至想着它不仅存在，还充满了“意义和乐趣”，就能为我们疲惫的身心找到一个完美的休憩场所。

今天讲了太多看似无用的内容，把我们的晚餐都给耽误了。嗯，在冰箱里只找到了一袋牡蛎？摊饼用的鸡蛋和面粉都没了？那就拌个牡蛎吃吧。妈妈是把牡蛎作为减肥的应季食品吃的。把一袋牡蛎洗干净，控干水，倒上半勺酱油（可能会比较咸，要注意），一茶匙蒜泥，一茶匙葱花，一勺香油，一茶匙芝麻，好好拌一下。完成！

也可以挤上半个柠檬汁，接着就可以美美地享用了。刚开始的时候可以不放任何调料，只挤上一些柠檬汁就很好，但奇怪的是，吃完一个小时之后，就想再吃一些米饭或者方便面。如果加入调料，作为下饭的菜肴呼噜噜地吃下去，或者作为下酒菜来吃的话，就不会再想着吃米饭了。喜欢吃米饭的人，可以把拌牡蛎放在热腾腾的米饭上，然后用海苔包着吃，非常棒。啊，最终还是想起了米饭。

妈妈也要去买一袋牡蛎当晚饭，只是妈妈还需要一个小酒杯。要为智异山的朋友们干杯。他们也一样，不管是在智异山，还是在什么地方，肯定都会小酌一杯。啊，为了所有劳动的人们干杯，为了神圣的劳动干杯！人们为了生存而劳动，而劳动却让我们真正“懂得了生活”，为了神奇的劳动，干杯！

第十四道菜

问一问:“现在能感受到爱吗?”

香喷喷又管饱的烤牛肉盖饭

在秋雨霏霏的傍晚，或者细雨绵绵的日子，当我们思念家中的灯火，想要跟家人一起共进晚餐时，你的外婆就会给我们做这道菜。按照外婆的话，烤牛肉盖饭非常简单，把买来的牛肉腌制好放在冰箱里，在想不到要吃什么的时候，把它拿出来做着吃就可以了。这道烤牛肉盖饭吃起来真的特别温馨，既香甜可口又非常管饱。啊，给你写这些内容的时候，妈妈又感到饿了。

那么我们就开始做这道菜吧。

跟妈妈做的其他菜一样，烤牛肉盖饭也非常简单。买来牛肉，然后用调料腌一下。在韩国料理中，烤牛肉调料的做法也很重要，最好把它记在脑子里。

如果是两百克牛肉的量，需要三勺老抽，两勺白糖（不喜欢甜味的话，放一勺就可以），葱和蒜少许（其实烤牛肉中都可以不用放葱，只放蒜泥的话味道反而会更妙一些）。把这些掺在一起做成调料，然后把牛肉放进去腌制（如果没有时间，也可以不用腌制，直接把牛肉放在煎锅上烤，就成了烤牛肉）。可以稍微多撒一些胡椒，胡椒在这里非常重要。每次说到烤牛肉盖饭，总会想起那浓烈刺激的胡椒味儿。不是有那种胡椒粒吗，整粒放进去也很好。

准备一个拳头大小的洋葱，先从中间切成两半，然后将其中半个洋葱的切面朝下，嚓嚓嚓切成细丝，要尽可能切得细一些（如果切厚了也没关系）。把这些食材全都放进平底锅或者汤锅里，接着加入两纸杯的水，然后开始煮。根据个人喜好，也可以再多加一些水，完全不加水也可以。如果不加水的话，为了防止糊锅，要稍微搅拌一下。因为是盖饭，妈妈做的时候会放一些水，然后咕嘟咕嘟地煮开。

煮的时候可以再尝一下味道，淡了就再放一些酱油。如果太咸了，就打上一个鸡蛋，然后搅拌均匀。是不是有种日式盖饭的感觉。准备一个吃咖喱饭用的盘子，先把饭盛进去，再把烤牛肉放在上面。完成！可以配着泡菜一起吃，味道很好。

如果相爱，不可能这样？

你的外婆在做这个的时候，偶尔会少放一些肉，多放一些洋葱。现在想想看，那个时候正是你外公快要领工资的日子。一个月的生活费都花光了，可孩子们却吵着肚子饿，所以你的外婆就多放一些洋葱，少放一点肉，然后用烤牛肉调料为我们做一顿美餐。

美美地吃完之后，你会发现烤牛肉很下饭，甚至还会有喝了一碗汤或者吃了炖菜之类的感觉。而且要刷的盘子也很少，所以感觉更棒了。

没有无坚不摧、深入骨髓的爱。

所谓的爱，只是自己心中对爱的一种执念。

幸好烤牛肉盖饭比较容易消化，吃完后肚子里也很舒服。

好吧，妈妈今天就回答一下你的问题。就是关于你那个朋友的问题，她那么无微不至地照顾男友，但最终还是遭到背叛。妈妈觉得，造成这一悲剧的原因就在于“无微不至地照顾”。你朋友对她的男友是怎样无微不至的？估计她肯定觉得，彼此相爱的话，就“理应如此”，正是因为这一点，她才会那么关怀备至。她肯定没有问过对方：“我怎样做的时候，你会感受到爱呢？”但是这个问题真的非常重要，必须问一下对方。

有的人（不管是男人还是女人）希望对方能面面俱到，为自己准备一日三餐，这样才会感受到爱；有的人只有当对方陪伴自己的时候（一起看电影、爬山、去旅行，能经常抽出时间陪伴自己），才能够感受到爱；而有的人，当对方给予自己支持和鼓励的时候（称赞自己漂亮、帅气或优秀的时候），才会有爱的感受。还有一些人认为爱情与肉体密不可分，不管是做爱也好，肌肤之亲也罢，身体接触越多就越能感受到爱，所以在他们看来，肉体之爱是最重要的。

妈妈更倾向于陪伴，只有当爱人陪伴在身边的时候，好像才更真切地感受到爱。当男朋友说很忙的时候，我常常会觉得很失望。年轻的时候不喜欢一个人待着，不想独自去爬山，也不喜欢一个人看电影。那时候对爱有一种错误的认识，觉得对方如果不抽出时间陪伴，就不能叫作爱。其实那只是爱的一种类型，而自己却固执地认为，“如果爱我的话，这是理所当然”。

“横加干涉的时候”，“疑神疑鬼的时候”，即使你有再多优点，对方也会决意要分手。只因为这一点，所有的优点都会在瞬间化为泡影，消失得无影无踪，剩下的只有愤怒。因为他们会说："如果爱我的话，就不会对我胡乱猜疑，更不会这么无理取闹。"

每个人的心中都有一些执念，比如钱、爱情、学习、名牌等，而这种执念也属于其中一个。"你应该这样这样做"就是干涉别人的执念。其实生活中有很多话都是这种执念的体现，"如果你爱我的话"、"如果你是父母的话"、"如果你是学生的话"、"如果你是子女的话"……但仔细想一想，你就会发现，其实这些都只是自己的想法，很多时候都是自己的执念在作祟。

你的朋友对爱的理解，可能就是无微不至的关心和照顾。她把自己渴望得到的，或者小时候渴望得到而又没得到的这种"关心和照顾"当作了爱。这样的人如果也碰到一位将"关心和照顾"视为爱情的男朋友，那么两个人之间应该不会有大的矛盾，而且会发展得很好。甚至今后结婚的话，离婚的概率也非常低。这并不是因为他们多么有耐性，或者有多么高尚的人格，而是找到了彼此渴望的那种爱情和关心。

询问是人生中的一个秘诀

我们再重新回到你朋友的故事。很多女人都把"关心和照顾"

当作爱情，而她们的男朋友却并非如此，所以他们之间便会产生矛盾。买来“我不喜欢”的衣服，送来“我不喜欢”的盒饭，发来“我不喜欢”的短信，喋喋不休地唠叨个没完。而且只要对方稍露出厌恶的神情，就会哭哭啼啼闹个不停，质问对方：“你怎么可以这样对我？”时间久了，只会让对方心力交瘁，再加上妈妈前面提到的那个法则——“无条件给予的A总会遭到被动接受的B的背叛”，可以毫不夸张地说，所有的结果其实早就已经注定，这并非什么命运的安排。

在妈妈看来，大部分男人都是一样的，即使这个女人有九百九十九种好（给他钱花、给他做饭、给他爱），但只要有一点让他不满意，那他就会跟这个女人分手。这些不满意的因素中，最常见的是“过分的干涉”和“不够有魅力的身材”。这两个因素中，如果要选出“排在第一位的”，当然就是干涉。你问为什么？不清楚。其实连他们自己也说不清楚。

比如说，即使对自己照顾得面面俱到，同时又拥有女神一样的美貌，但如果这个女人总是干涉自己、无理取闹，男人百分之百会选择分手。相反，如果这个女人很胖，长得也不漂亮，也没有那么无微不至，却心胸豁达（这里所说的豁达，并不是指对所有人都这样，主要说的是对男方），不会胡搅蛮缠，并且还非常尊重自己，对自己深信不疑，男人是绝对不会离开的。为什么？我也不知道。这个问题就如同问“为什么春天百花盛开”或者“为

你想要
分手吗?
对!

什么秋日树叶会凋零”。因为百花盛开，所以才是春天；因为树叶凋零，所以便是秋日。并非所有的花朵都会在春天开放，并非所有的树叶都会在秋日凋零，同样也是这个道理。

妈妈告诉你一个人生秘诀。这是曾经在书上读到的，当时受到了很大的冲击，大概是说人生的七大法则。成功人士都有一个共同的生活习惯，那就是“询问”。当自己搞不清楚，或者模棱两可，或者思绪混乱，又或者不愿意产生误会，这个时候便会主动去询问。这就是人生的秘诀，有谁会想到呢？看着这句话，妈妈认真地思考了几天，终于明白，在妈妈的人生中很少有过这样的询问。正因为有那么多的误会，犯了那么多的错误，才会让彼此之间的关系、让自己的人生变得如此虚妄。其实只要问一下对方，所有的问题都可以迎刃而解。

放手是让对方回心转意的唯一方法

告诉你的朋友，如果不想分手，不想“被抛弃”，那就选择放手，不要再纠缠她的男朋友。让她问一下：“你想分手吗？”如果对方回答：“对！”那么就潇洒地对他说一句“好吧，如你所愿”，然后放手不再纠缠。这么温顺地听男友的话大概是第一次吧。如果对方说“不清楚”，那么同样也要放手，同时告诉他：“等你弄明白之后再来找我吧。”反正一定要问明白。

如果男人想分手，那么能让他回心转意的唯一方法就是放手。你问什么意思？这么说吧，男人如果想分手，那么无论如何他都会走，所以倒不如潇洒地主动放手，这样他离开以后，或者本打算离开，但是又重新回来的概率可能会有千分之一。但如果你死死纠缠的话，这个概率就彻底降为零了。而且这次分手还可能会成为你人生中最糟糕的记忆。

如果觉得很难做到，没有办法放手的话，那最好去做一个高强度的心理咨询。我说的是真的，因为说爱得太深了其实是在欺骗自己。妈妈们因为非常爱自己的孩子，才把他们送到学校读书；也正是因为爱，才会让孩子远离自己，同别人建立美满的家庭。没有无坚不摧、深入骨髓的爱。所谓的爱，只是自己心中对爱的一种执念。妈妈的话是不是有些难理解？不过幸好烤牛肉盖饭比较容易消化，吃完后肚子里也很舒服。

第十五道菜

心情差的时候不要喝酒

酒后第二天，来份豆腐汤

人生在世，总会有必须要喝酒的时候，当然有时候是自己想喝。酒跟其他食物不同，它的制作过程比较复杂，需要发酵，而这个过程往往需要付出很多劳动，投入很大精力。尽管如此，还是丝毫没有影响到人们对酒的热爱。人们从久远的过去就开始酿酒，不知兴起于何处，似乎全世界每个角落都渗透着古老的酒文化。人类真的很伟大，为了酿酒花费大量的精力，而把这种液体一饮而尽只是眨眼间。有时候我会想，这个世上果真有这么虚无的东西存在吗？不过，这种虚无的东西有时候的确有很多好处。

妈妈喜欢这种虚无的东西。像美酒、鲜花，还有蜡烛。妈妈是从什么时候开始喝酒的呢？哎呀，已经不记得了。反正在很小的时候，妈妈就开始接触酒了。

外公喝酒的原则

你也知道，妈妈的爸爸，也就是你外公现在快九十岁了，但依然非常爱酒。记得是妈妈上中学的时候吧，每当家里来亲戚的时候，你外公都会给我倒上一杯啤酒或者葡萄酒。在当时的我看来，酒是一种劣质的饮料，跟可乐和汽水比起来差远了。但这种劣质饮料，妈妈在十年后竟然主动喝起来，或许是因为我已经成人了。酒虽苦，但人生却比酒更苦，也许是明白了这一点，妈妈才会主动喝酒吧。

你外公在喝酒的时候，一直坚持着几条原则。所以，外公喝了这么多年的酒，但是据你外婆讲，他从来没有在喝完酒之后的第二天，嚷着让你外婆煮醒酒汤，或者说胃里难受这样的话。而且近些年，你外公每年都会去体检，从来没有因为喝酒哪里不舒服（虽然按照医生的说法，这得益于你外公与生俱来的好身体）。但不管怎么说，一个如此爱喝酒的人，却从未因为喝酒出现什么问题，的确非常了不起。所以，妈妈也学习了你外公的秘诀，并且一直在使用，现在要把它告诉你。其实，无论在何时，无论做什么事情，都应该有相应的原则。

第一，心情很差的时候不喝酒。想想看，这句话的确很有道理。酒会使人们的情感变得夸张，因此有好事的时候，喝酒会让你觉得更幸福；反之，特别是当感情受到伤害的时候，还是不要碰酒为好。

实际上，心情不好或者感情受到伤害的时候饮酒，在酒精的作用下，这种负面的情绪会更加膨胀，很多人还会因此耍酒疯。一喝酒就大哭，或者不停地给不同的人打电话，一直唠叨着一些没用的话。有些人则故意找茬，惹是生非……我不用再多说，你应该也明白吧。真的是丑态百出啊。对于那些酒品很差，在酒桌上耍酒疯的人，妈妈绝对不会跟他们一起喝第二次酒，绝对不会。一起喝茶聊天还可以，但是酒“绝对不行”。明明知道对方一喝酒就会耍酒疯，自然没必要去无辜遭殃。

第二，绝对不一个人喝酒。这也许跟你外公喜欢热闹的性格有关。当然也包含了不会一个人小酌的含义。你外公说，要么就痛饮一场，一醉方休，要么就滴酒不沾。后来，医生也证实了这种习惯的好处，有利于肝脏的健康。因为肝脏需要适当的休息，而这个时候，哪怕喝上一杯酒，都会对肝脏造成损伤。

第三，第一杯酒一定不要喝得太急，要分成三次以上喝完，这个秘诀从来没有在杂志上见到过，也没有从医生那里听到过。这一点是什么意思呢？这样解释吧，不管是烧酒、啤酒还是红酒，在喝第一杯的时候，绝对不要一口喝完。这跟韩国的酒文化不太相符，尤其是当大家都喊着“一口闷”的时候。即使必须要一口喝掉，还是尽量争取分成三次来喝。这一条原则适用于所有的酒。妈妈也曾试过这个方法，真的很有效。无论是空腹还是饱腹，只要好好遵守这个原则，绝对不会当众出丑，出现无法控制自己的局面。（前两条原则，妈妈到现在还没能彻底实行，但是这一条做得很好。）

不要单独跟男性喝酒

关于酒，除了上面那些，还有很多想跟你分享，其中最重要的一点就是，学会控制自己，尽量不喝第二轮。当然，如果在你跟对方都比较清醒的状态下，彼此感情深厚或者有很严肃的事情需要商谈，那自然另当别论（嗯，妈妈也碰到过几次这种情况），但是，如果是被别人留住，你担心会因为自己提前离开破坏气氛，或者担心自己离开以后，别人会在背后说坏话，勉强留下来，那么剩下的时间对你来说只是煎熬，留下来也是浪费时间。就算并非如此，也基本上到了酩酊大醉的状态，三轮也好，四轮也罢，完全没有意识。

作为女人，妈妈还要再给你一个建议。不要跟异性（既不是恋人，也不是爱人的人）单独在一起喝酒，这也是妈妈一直遵守的原则。妈妈开始喝酒是在二十世纪八十年代，在大学校园附近，还没有男女两人一起喝酒的情况。即使有，那也是在一起讨论什么，彼此都觉得自己很了不起，互相攻击，互相伤害。喝到兴奋的时候，还会再叫上几个人接着喝。也许正因如此，妈妈一直遵守着这个原则。总之，妈妈从来没有因为喝酒闯过祸，那些必须要用“喝醉了”来辩解的祸端基本与我无缘。妈妈年轻的时候几乎天天喝酒，一年三百六十五天，大概要喝上四百场左右。现在想想，这也算是个奇迹吧。

一个如此爱喝酒的女孩子，却从来没有因为喝酒闯过祸，也从来没有影响过周围的人，这或许正是因为妈妈一直遵守着这一秘诀。过了四十五岁后的某一天，妈妈突然觉得人生不过是一场虚无，因此不再刻意遵守这一原则，结果自然不尽如人意。彼此之间的关系不再那么明朗，变得复杂而又暧昧。所以，妈妈又重新拾起这一原则，一直到现在。妈妈已经是过了知天命的年纪，自然会有两三个关系比较特别的朋友，跟妈妈有三十年交情的蓝颜知己。

喝完酒后的第二天，妈妈总会想要喝点儿汤。估计再也没有一个国家会像我们这样，有那么多种类丰富的醒酒汤。那些非常有名的就不说了，妈妈要教给你一个做醒酒汤的简单配方。

首先，从冰箱里取出半个拳头大小的牛肉。如果有绞好的牛肉馅也可以。对于牛肉的部位也没有什么要求。把牛肉切成小拇指指甲大小（当然，大小还是由你自己决定），放进锅里，用香油翻炒，然后倒上大概两汤碗的水（如果用淘米水的话，味道会非常妙）。水烧开以后，把豆腐放进去，想吃多少放多少，豆腐块儿的大小也由自己决定，接着放上少许葱末和半勺蒜末，最后再用虾酱调一下咸淡。吃的时候，再撒上一点胡椒。完成！是不是非常简单？

用牛肉和香油煮出来的汤水清香而又明澈，汤水中的豆腐变得滑嫩柔软，如同芝士一般。光是这白嫩的豆腐就足以让人满足，甚至连米饭也不需要。这也是这道汤的最棒之处。啊，柔软的、烫烫的、香喷喷的豆腐配上清香的汤水，慢慢地品尝，美味至极。妈妈一般都会把豆腐切成小方块，像萝卜泡菜那么大。

这不仅适合做醒酒汤，以后也可以当作孩子的辅食。妈妈以前也经常喂你吃这个，再泡上一些白米饭。有些人很勤快，会切上一些萝卜片和洋葱放进去，也有人会撕一些明太鱼干放进汤里，不管放什么味道都很好。妈妈在家里做饭的时候，总是倾向于更简单、更快捷的方式，所以妈妈比较偏好最简单的味道。复杂的做法还是留给厨师去做，买来享用即可。反正妈妈是这么认为的。

只要对自身有益便可，不要在乎别人的议论

很多人都说喝酒伤身，烟的危害更是不必说，但是妈妈觉得，如果你可以控制好自己，并且乐在其中的话，这些行为并非完全不可取。但是如果会给周围人带来危害（特别是抽烟），那就应该禁止。喝酒自然也是如此。不管怎么样，只要对自身有益，而且是为了更好地爱自己，那么妈妈都会支持。相反，如果它让你心生厌恶，就算是补药或者什么营养品，也不要吃。妈妈相信，你现在能够明白这些话。

虽然大家都说，烟和酒有害身体健康。但人的一生中，影响

啊，柔软的、烫烫的、香喷喷的豆腐配上清香的汤水，

慢慢地品尝，美味至极。

寿命或者健康的因素怎么会只有这寥寥几种呢？更何况，人类本身不就是一个非常复杂的有机体吗？

哎呀，妈妈也好久没在晚上做过豆腐汤了，今天就煮上一碗软嫩细滑的豆腐汤，再来一杯烧酒。吃上一口软软的豆腐，妈妈脑海中会想起你小时候，大口地吃着豆腐汤泡白米饭的情景，妈妈今天应该不会伤心吧。今天，不知怎的，妈妈突然特别地想你，我亲爱的女儿。今夜一切安好！

第十六道菜

没关系，厄运不会降临在我身上

过生日的时候，来份拌韭菜和血肠汤

过生日是一件很有意义的事，但并非是我们生活中不可或缺的一部分。平时自己一个人过得挺好，但是到了生日那天，就会心生感慨：“连给我过生日的人都没有啊！”原本平静而又美好的生活,却因为一句“你知道今天是什么日子吗”突然变得波澜起伏。有时候甚至会抱怨上天的不公：“为什么偏偏在我生日的这天，让我听到这些坏消息。连老天都这么无情！”类似的感受，妈妈曾经都体会过。

出生之前就享受的爱

不知道从何时开始，妈妈不再关注这些事情。不明白为什么，这些曾经让我感到幸福快乐的事情，现在却只是觉得吵闹嘈杂。大概是因为“我最近太累了，想要过平静的生活”，但是仔细思考之后，发现并非如此。因为跟过去相比，现在最大的变化是我能够感受到，“从出生之日起，不，出生之前就一直享受着爱”。正是这一点让我的生活发生了巨大的变化，也大大地影响了我对过生日的态度，深深地懂得了自己其实一直“享受着爱”，过生日对我而言就变得无关紧要了。

“出生之前就享受着爱？”不太理解是吗？刚开始的时候，妈妈也以为这句话仅仅是宗教的花言巧语。但是，嗯，这样解释吧。妈妈在怀你的时候，也就是说在你出生之前，妈妈就非常爱你，甚至可以为了你献出自己的生命。你相信吗？其实，在你来到妈妈肚子里之前，妈妈就一直等待着“你”这个生命的到来。做母亲的人都能理解这句话。(从这一点来讲，父母是最伟大的人，即使有再多的危险和困难，他们也无所畏惧。)

一个跟你年龄相仿的人曾经说过这样的话：“我妈妈说，她是因为怀了我才和爸爸结婚的。如果没有我，说不定妈妈会过得更幸福。正是因为生下了我，才让妈妈变得那么不幸。”

但是仔细想一想，妈妈也是在你出生以后，才遇到那么多不幸。因为你，妈妈失去了自由，因为你，妈妈必须改变人生的方向。这些的确是事实，但又跟你没有任何关系。即使不是你，如果先出生的是你的弟弟们，结果也是一样的。因为有“孩子”存在，才会不可避免地发生这些事情，而并非是因为“你”这个孩子。一定要区分开来，不能混作一谈。

所以说，这绝对不是你的错，跟你也没有任何关系。就像一九五〇年出生的人说：“都说是我出生才引发了朝鲜战争。”又或者是，“因为我的出生，爸爸才中了彩票。”诸如此类。如果一定要考虑时间先后的话，好像有那么一些关系，但其实完全不存在任何因果关系。即使有些人可笑地认为，所有的事情都存在着因果关系，也丝毫不影响我对你的爱。孩子，你现在明白了吧？你的存在是上天的安排，是为了享受这无尽的爱。

更细腻，更强大

长大成人就意味着认识到，这个世界上并非只存在事实，应该将事实与妄想、事实与执念、事实与幻影区分开来。真正的成年人能够透过现象看本质。就像一位真正有实力的外科医生，他不仅要对身体中的大动脉和大静脉了如指掌，还要将各种毛细血管轻松地区分出来，能进行连接与缝合。也就是说，成年人应该变得更加细腻缜密。你明白吗？能够细致地看透本质，这样的爱才更具有力量。

小时候，你外婆每次发火，我都觉得特别害怕，内心充满了恐惧和委屈。虽然不知道她为什么发火，但往往会把所有的错误都归咎到自己身上。慢慢长大了一些，我就渐渐明白，妈妈对我有什么样的期待，妈妈是在对我发火，还是把原本对爸爸的怨气撒在我身上，又或者是感叹命运不公，才忍不住发泄自己的情绪。这就是成长。虽然现在妈妈发火的时候，我依然会感到恐惧，依然会伤心，但是除了这些，我现在还有更多的感受，内心变得更

HAPPY
BIRTHDAY
妈妈，
我爱你。

加细腻。这就是成长的力量。

妈妈过了五十岁才明白这个道理，所以现在的你，对纪念日过于执着也是情有可原，无须自责，毕竟你还得再过二十多个生日才能到我这个年纪。今年的生日，妈妈特意没有安排别的事情，在乡下的老家跟三只小猫一起度过。像往常一样，早上起床之后，泡了一杯手磨咖啡，点上蜡烛，做了祷告。除此之外，还做了一件特别的事情——大扫除。每个角落堆积的灰尘，我都认真地打扫干净。给小猫们放上猫食，换了干净的水，还为偶尔到院子里做客的流浪猫准备好了食物。一夜的严寒，院子里流浪猫喝的水都结成了厚厚的冰，妈妈为它们换上了温水。

做完这些，肚子也饿了。翻了一下冰箱，看到快要放蔫的韭菜，所以就拿出来洗干净。突然想吃新鲜的拌韭菜了，仿佛都能闻到香油的清香，嗯，再来一份猪头肉血肠汤。那就先从拌韭菜开始吧。

首先，把韭菜洗干净。韭菜是一种非常纤细的蔬菜（就像毛细血管一样），所以要放在冷水里轻轻地冲洗，然后再把水沥干净，切成大拇指一半的长度，放到盆里。以吃咖喱用的盘子为参照，如果韭菜的量是高高地（不是满满地）堆满一盘的话，那就倒进去一大勺辣椒粉、一勺梅子汁（这个平时一定要备着，以后还会继续用。如果手头没有，也可以用一勺糖代替），一勺小银鱼汁或者玉筋鱼酱汁，然后再倒上一勺香油、一茶匙芝麻，用筷子把这些调料搅拌均匀。完成!

勤快一些的人还会再切一些洋葱、蒜末之类的放进去，但是对妈妈来说,到此就结束了,因为我一直追求简单而又纯粹的味道。但是必须要注意一点，这道菜一次不能做太多。调料可以先做好放起来，韭菜要现吃现拌，是这道菜的关键。

猪头肉血肠汤作为主菜做起来相对复杂一些,妈妈会选用“韩莎林”的袋装速食肉汤，把冷冻的肉汤解冻以后，放在锅里煮开，然后把血肠、猪头肉之类的倒进去，煮开就可以了。就这么简单。

这是妈妈第一次提到速食食品，其实是希望以后能有更多类似的食品。今后，职场女性会越来越多，她们白天把孩子送到幼儿园，晚上下班以后需要抽出更多的时间陪孩子。做饭是一件既麻烦又辛苦的事情。

妈妈一般不买速食食品，原因只有一个——“不好吃”。这是真的。第一次吃可能觉得味道还不错，但第二次吃就会感到难以下咽。妈妈到现在也搞不清其中的奥妙。但是你外婆或者邻居阿姨做的,却百吃不厌。再加上过量的人工调料,还有防腐剂等问题,所以妈妈几乎不吃速食食品，对这个汤却情有独钟。从个人角度来说，妈妈对“韩莎林”比较信赖，最重要的是价格低廉。而且，在家里做血肠汤本身就比较麻烦，光是猪脊骨汤，就需要炖上很长时间。

但总的来说，妈妈是幸福安宁的。

就像妈妈刚才说过的，因为我知道，自己其实一直在享受着爱。

没有人能够随便抢走那份属于我的安宁。

最怀念的那一天

不久前，有人问了妈妈一个问题，我不自觉地给出了这样的回答：

“啊，那个吗？没关系。厄运一般都不会降临在我身上。”

这话出口的一瞬间，不仅是听的人，连我自己都吓了一跳。但我确实是这么说的。所以我又补充道：

“虽然从表面上看，在我身上确实发生过一些不好的事情，但也可以说是祸兮福之所倚吧。”

蔚宁，妈妈今天过得非常愉快。觉得特别地感恩，特别地开心。离妈妈最近的你听到这样说，可能会立马表示质疑：“妈妈不是前天刚哭过吗？上周也因为伤心彻夜难眠啊！”但总的来说，妈妈是幸福安宁的。就像妈妈刚才说过的，因为我知道，自己其实一直在享受着爱。没有人能够随便抢走那份属于我的安宁。即使偶尔会有一些波澜，我依然可以让内心归于平静和安宁。

蔚宁，今天对你来说，是怎样的一天呢？妈妈建议你看维克多·弗兰克的《活出意义来》，还有对那些曾经在战争中沦为战俘的人的采访。当他们身处险境，面临死亡的危险时，你知道他们最怀念的是什么吗？不是热闹隆重的生日派对，也不是初吻的那天。他们最怀念的，只是某个平淡如水的日子。跟朋友一起坐在公园的长椅上，吃着自己做的三明治，谈笑风生；晚上一回到家，妈妈便煮好了鲜美的浓汤，满屋子浓香四溢；校园的美好时光、家的味道，或者是开心地发着短信，又或者是在SNS上和朋友们一起热聊，一起开怀大笑……那我们就把今天当作是这样的一天，在你身处险境时最怀念的那一天。这样的日子，一定要铭记于心。啊，生活中的平淡与安宁是多么珍贵！

第十七道菜

用金钱买不到的东西

吃着“妈妈牌”烤牛排，聊聊天儿

比平时早一点回家的话，就可以悠闲地准备一顿晚餐，这样的日子，会让人觉得特别轻松惬意，内心也会非常平和。其实这个时候，不一定非要去市场买菜，用家里常备的几样食材，也能够做出特别的菜。啊，抱歉，妈妈家里会经常备着一些食材，像面粉、鸡蛋、烧烤用的肉、面包粉等，但是你可能就需要现买了。不管怎么说，这些食材都是很必要的。准备好这些食材，今天我们来做一道“妈妈牌”烤牛排。

听着广播，烤牛排

最近，在开始做饭之前，都要先准备一件事情，准备好做饭时要听的视频或者广播。妈妈主要是听牧师或神父的说教，或者是读书节目，有时候也听一些有关历史和人文方面的讲座。这样干活儿的时候也不耽误学习，对于耳朵来说也是一种享受。做家务的时候也是一样。自从保姆阿姨辞职后，家务就由妈妈一人承担。真的要感谢手机这个功能，让我在做家务的时候也不会觉得那么辛苦。有时候也会把手机里下载的歌曲大声放出来听一听。

准备一个两升左右的矿泉水瓶，喝完之后从中间剪成两半，切口处用漂亮的胶带包起来，以免割伤手，然后把手机放进去，扬声器部分朝下。这样，一个非常棒的音响就完成了。矿泉水瓶还能起到防护作用，防止厨房的水溅到手机上。妈妈有时候就用这个迷你音响听音乐。

回归正题，这次做的可是烤牛排，不是炸猪排。要在家里做着吃,有点不可思议吧？但是做一次之后,你就会喜欢上这个味道。

首先准备稍厚一点的牛排。嗯，可以用已经切好的烧烤用的牛肉，如果没有，也可以用做韩式烤牛肉时用的薄肉片，把几张叠在一起。撒上一些胡椒粉（撒不撒都可以），然后按照一般的顺序，依次给牛排裹上面粉、鸡蛋和面包粉。到这一步，前期的准备就完成了。

妈妈有一个秘方，就是在面包粉里加入帕马森干酪粉。干酪粉可以多放一些，然后跟面包粉一起搅拌均匀。准备一个平底锅，锅里放上足量的黄油或者橄榄油（其实一半黄油、一半橄榄油是最好的，如果没有也可以用其他的油代替），然后把准备好的牛排放进去，像做煎饼一样，两面煎熟就可以。

妈妈在做烤牛排的时候，一般只撒上一些胡椒，不先用盐腌制，原因就在于帕马森干酪粉。把拌上干酪粉的牛排放在热油里煎熟,一道美味的烤牛排就诞生了,这可是在任何餐厅都吃不到的。把烤好的牛排盛到一个大大的盘子里，趁热吃的话，就算不用任何酱料，也非常美味，即使没有泡菜也没关系。如果有西红柿的话，就把西红柿切成大块，稍微倒上一些橄榄油或者胡椒粉，一份经典的配菜就做好了。

好啦，一边吃着热乎乎、香喷喷、稍咸的烤牛排，一边跟妈妈聊一下钱的事情吧。对，就是钱。有钱能使鬼推磨。不要对此嗤之以鼻，这句话真的很现实。妈妈年轻时曾经自命清高，视金钱为俗物，并且还固执己见，认为自己的想法很酷、很正确。对那些执着于金钱的朋友，妈妈总是不屑一顾，觉得他们庸俗不堪。现在回想一下，才发现当时的想法真的很荒谬。实际上，能够改变世界的因素屈指可数，而金钱就是其中之一。但我却傲慢自恃，对金钱鄙夷不屑。其实，这都是因为妈妈年轻时，没有对世界形成一个正确的认识。

相反，有些人则认为金钱是万能的。妈妈以前最看不起那些人，对他们讨厌至极，但是到了这个年纪，开始后悔当时的偏执。年轻的时候，那些认为有钱能使鬼推磨的人，比视金钱为粪土的我更了解世界。这个道理，妈妈也是最近才懂得。事实上他们更明白什么可以改变一个人，也不会在人生的道路上尝试无谓的冒险，出现不必要的失误。他们总会精心计算自己的利益得失，仔细考虑影响钱财的各种因素。当然，他们精于世道，也很少犯错误，但这并不等于他们生活得很幸福。

用再多的钱，也买不到一丁点儿，

别说是买了，连它的味儿也无法嗅到。

猜到是什么了吗？

蔚宁，那就是内心的平静与安宁。

“我可不止五亿韩元哦”

妈妈最近得出了一个结论，这个世界上最重要的事物中，金钱排名前五位。但同时也下定决心，不管怎样，都不会把金钱放在第一位。也就是说，我的人生中一定还要有比金钱更重要的东西。

得出这个结论的原因比较复杂，简单总结一下。首先，钱并不是你想要就能得到的，它完全不由你的意志决定。（这里所说的钱，并不是通过劳动获取的最低生活费，而是生活费以外的富余。）如果我们靠自己的意志或者劳动就能够发财致富，世界上就不会有那么多人因为金钱弄得遍体鳞伤。钱，我们拼命地攒钱，梦想着自己变成富人，但这绝不是靠努力或决心就能实现的。任何事情都是如此。高考或者平时的考试主要取决于你的意志和努力，但除此之外，其他事情成功的概率都比较低。

第二个原因，钱只有用在有意义的地方（为了更好地爱自己，为了让自己生活得更幸福，给父母买礼物，或者请朋友吃饭，即使花费不多，也非常有意义），才能体现它的价值。妈妈身边有很多人把数字看作自己的财产，存折里存的钱、手头上的股票所能兑换的现金，还有卖房子能拿到的钱（就一套房子而已，想着什么时候卖掉，就能变成钱攥到自己手里），这些金额的上下浮动决定了他们一天的悲与喜。妈妈觉得他们特别愚蠢。妈妈有时候会问那些喜欢吹嘘自己财产的人：“你所拥有的到底是钱，还是数字呢？”大部分傻瓜都会考虑一分钟以上，却无法做出回答。

最后一个原因，钱的数额并不能维护你的自尊心。今天我们所聊的钱的话题，不包括那些挣扎在温饱线上的人，这你应该明白吧。给你讲一个悲伤却有趣的故事吧。妈妈当年跟老幺的爸爸离婚时债台高筑，却束手无策。那时，妈妈常常在你们入睡以后，考虑是否有能力供你们读到大学，每天都得喝上一瓶烧酒，靠酒精来麻醉自己，否则就无法入眠。一次偶然的机会，在某个聚会上遇到了一位富二代，他靠着年轻时父母留下的遗产和自己的能力发财致富。当时他还是单身，对妈妈也有一些好感。他从妈妈的好友那里了解到了我的情况，于是就问我：

“你需要多少钱？我想帮你。五亿韩元够吗？”

从出生到现在，我身边的所有人中，包括我的父母、丈夫、朋友、亲戚、同学以及出版社社长，他是第一个这样问我的人。（虽说有些可悲，但到现在为止，他也是唯一这样问我的人。）但是，妈妈明白他话中暗含的深意，所以当时心里很不舒服。现在回想起来，就算冲着这些话，也应该对他表示感谢。可是当时我却回了一句：

“我可不止五亿韩元哦。”

这也可能是单身女人的过度反应。其实当时如果有五亿韩元的话，就可以还清所有的债务，也可以在一定程度上解决我的失眠、饮酒和不安等问题。虽然如此，我还是给出了这样的回答，内心有一种无法表达的欣慰和满足。妈妈到现在也忘不了当时那一瞬

内心的安宁，可以用钱买到吗？
不可以。

间，感觉自己很了不起。

对，那种满足感、那种自豪感，还有自尊心，这些都是用钱买不到的。五十亿，五百亿，又能怎样呢？如果我当时接受了帮助，那之后还能写出《我们的幸福时光》《快乐我家》《无论你选择什么样的人生，我都为你加油》《熔炉》这些作品吗？当然，这些假设都是毫无意义的，往事只不过是过眼云烟，但是现在想起来，妈妈依然为自己骄傲。换句话说，这些回忆让我懂得更加爱自己。

内心的安宁无法买到

在那之后，妈妈也遇到过几次经济问题。人们常说，健康与爱无法用金钱买到。男女之间的爱情同样也不是金钱可以买到的，就算用钱可以得到身体，却得不到对方的心……但是，经历得越多，越发现金钱在我们的生活中占据越来越重要的地位。健康？现在几乎有钱就可以买到。穷人和富人同时患上了不治之症，他们的心态也完全不同。爱情？一定程度上用钱也是可以买到的。当然，这种用钱买到的爱情并非纯粹的爱情。人心？其实也可以买到。面对财阀二世的求婚，有几个女人能够干脆爽快地拒绝呢？你们平时所追捧的电视剧中的英雄，在剧中不也是一个个家境殷实吗?

所以从某种意义上来说，如果钱可以买到健康、爱情和人心，那也是一种幸福。这一点，妈妈承认。但是有一天，妈妈突然明白，有一样东西是金钱绝对买不到的。就算是韩国最富有的财阀，财阀二世、财阀三世，还有他们的儿媳，也绝对无法得到。用再多的钱也买不到一丁点儿，别说是买了，连它的味儿也无法嗅到。猜到是什么了吗？蔚宁，那就是内心的平静与安宁。

蔚宁，即使你现在还没有找到工作，即使你还不是正式职员，也没有什么文凭，即使你彻夜未眠，担心自己是否能坚持艺术的道路，哪怕这一生都要比别人过得清苦，但是你依然可以拥有一颗平静而安宁的心。而且，这份安宁是绝对无法用钱买到的，它将是我们余生中最重要的东西。

妈妈的话很难懂吗？好吧，这个话题我们以后再谈。无论如何，妈妈今晚会祈祷，祈祷上天赐予你安宁。吃完热乎乎的烤牛排，然后刷个牙、洗个澡，享受一个闲适的傍晚。这就是平静与安宁。

第十八道菜

不死不疯，如何度过艰难的时光？

吃着长条糕，“在家滚来滚去”的日子

蔚宁，天亮了，很好奇你这一天是怎么过的。是不是很累？就算你不说，妈妈也知道你现在的状况。嗯，你问我怎么知道的？我也不清楚。只是看着你发来的短信，不管是简短的问候，还是有什么要紧的事情，哪怕只有简单的几个字，妈妈都能猜到你此时的心情。每一个字仿佛都在诉说你的心事。你不想让妈妈担心，悄无声息地隐藏着自己的坏消息。妈妈觉察到你的意图，就不再去打扰你，这些你都知道吧？你现在已经长大成人，有权利守护自己的秘密。

看着你这么辛苦，妈妈想起了自己以前那段痛苦的时光。前不久，在读者见面会上，有位女读者问我这样一个问题：

“老师，您人生中最艰难的时光，是如何度过的呢？”

我竟一时语塞，不知该如何回答。

那天晚上，我一直在想自己是怎样度过那段艰难痛苦的时光的。至少，我没有痛苦地死去或者疯掉。当时我脑子里蹦出一个荒唐的想法，强烈而又令人震惊：“那些痛苦都是假象，说是痛苦得快要死掉了，其实都是在骗自己吧？”

曾经的痛彻心扉，已消失不见

啊，这句话我不知道如何表达才好。这种想法让我自己也吓了一跳。之所以产生这种想法，最大的原因是"忘记了"。我曾有过一段非常痛苦的时光，"那个时候，我悲痛欲绝"，这都是事实。痛苦的往事历历在目，而那份刻骨的心痛却不再那么真实。当时，妈妈真的非常痛苦，痛彻心扉，而现在这种感觉却已消失不见。

其实到现在，妈妈一想起你，还会记得当时与你分离的痛苦，对你的牵挂与思念无法说出口，却痛得令人窒息。妈妈为了你不得不辛苦奔波时，便会想起那种背叛和心痛的感觉。即使到现在，妈妈一想到你，那些感觉也依然记忆犹新。妈妈七岁时丢过一只叫"玛丽"的小狗，还有去年夏天走失的小狗"夏天"和"冬天"，现在想起它们来，妈妈还是会止不住地流泪。看着以前的照片，还能够真实地感受到曾经对它们的喜爱。相反，经历的痛苦却在记忆中日渐模糊。痛苦的原因、经过、结果等都记得，但是那种痛苦的感觉却不再真实。

心理学家经常会问，你还记得十年前害怕什么吗？那些担心害怕，有多少在现实生活中发生过？而现在正在折磨你的痛苦，在十年之后还会依然存在吗？真的吗？

这些混乱的思绪让妈妈想起了一件事，是之前修炼内心时的感悟。就是在那个时候，妈妈又变成了单身，只是面前多了你们三个。

老幺才刚刚上小学，妈妈每天晚上都要喝一瓶烧酒，每天都在担心：“我有能力把你们三个都送进大学吗？”记得曾经翻看过一本书，书中有这样一句话：

“除了感恩还是感恩。无论你处境如何，都要怀有一颗感恩的心，你的人生会随之改变。”

我也不知道为什么突然会想起这个，只是觉得必须要做些什么，才能让内心摆脱这种不安，才能让自己平静下来。而且，我为自己制定了一个规则。一整天感恩，或者时常感恩会有些困难，所以就规定每天早上睁开眼睛第一件事就是感恩，而且必须具体地感恩五件事。

你也知道，妈妈早上起床以后会点上蜡烛做祷告，在祷告中开始新的一天。所以感恩的时间就定在祷告之前，也就是早上起床以后，在准备去做祷告的途中。天哪，妈妈发现，自己竟然没有什么可感恩的事情。

我自己都觉得特别寒心。当自己拥有很多的时候，不懂得感恩，如果那个时候就开始祷告，需要感恩的事情一定会不胜枚举。可当你明白这一点的时候，一切都已经太晚了。人们绝对不会在拥有一切、在生活安逸的时候，想着开始新的人生。所以，从某种意义上来说，痛苦其实也是一种机遇，时常会为我们的人生开启新的方向。

有十件事可以感恩的日子

如果你相信妈妈的话，开始尝试自言自语、独白、祷告，你就会明白感恩五件事是一件多么困难的事情。必须要感恩五件事……但是真的没有值得感恩的事情。真想敞开嗓门大喊，这个也没有，那个也不够，这个也不好，让它从我面前消失，请给那个人一点教训，总之就是类似的话。

但是，我还是坚持做了。当时只是想尝试一下。银行里欠着高额贷款，而你们又总是让我操心，每每想起离去的人，就会觉得胃里一阵翻滚，恶心想吐。就是在这样的状态下，妈妈开始了祷告。

“首先感恩的是，我还好好地活着，没有在夜里中风，能健健康康地醒来。”

说完这句话，我就来到了客厅。那时候还是冬天，天还没有亮，但是外面的街道上已经有行人了。于是我又做了第二个祷告：“外面那么寒冷，而我们家却如此温暖，感谢上天！”然后我又走到你们的房间，“感恩孩子们都平安无事，晚上睡得这么香。”啊，除了这些，真的没有什么可感恩的事情了，可还剩下两件事呢。

那就接着感恩吧。

“昨天新闻中有关于核武器的报道，感谢上天让整晚都平平安安，没有发生核战争。”

最后一个，可真不知道要感谢什么了，绞尽脑汁终于想出一个来——“感恩我们家的房子晚上没有倒塌。”就这样终于完成了这次的感恩仪式。或许是天使的指引，这样看似荒唐的祷告，我竟然坚持下来了。偶尔也会疑惑，自己为什么要像个傻子一样做这些事情。但是在坚持了六个月以后，早上一睁开眼，我竟然不由自主地开始自言自语。

“感谢上天，让我一夜平安无事。”那一瞬间，好像有什么东西从嗓子一直流到了胸口。你知道吗？就是被感动时那种心跳的感觉。虽然觉得很诧异，但是紧接着又说，“虽然外面非常寒冷，但是我们家却很温暖，非常感谢！”说完，仿佛有一股暖流涌入心房，一时哽咽无语。在数九寒天的日子，我可以躺在这么温暖舒适的房间里……难以置信，这份感恩竟让我泪流满面。那一刻，我惊讶万分，我知道当时自己是用真心在感恩。

也就是在那个时候，我明白了从来没有什么好事降临在我身上，那又何苦对这个世界有那么多期待呢。就是因为我一直心存幻想，理所当然地认为上天会给我最好的安排，所以才让自己弄得遍体鳞伤。

就这样，一天一天过去，奇迹真的发生了，感恩的事情日渐增多。突然有一天，感恩的事情超过了五件，一下子增加到十件。再也不是像感谢上天让我还活着这样的奇怪祷告（当然，这的确值得感恩），任谁听起来都觉得值得感恩的事开始越来越多。这样说来，有一种咒术的感觉……对，就算是又如何呢？反正都是好事，值得感恩的事，对吧？

那天早上的感动，现在想起来心里还会一阵温暖。

蔚宁，虽然会有些困难，你就当是妈妈骗你也好，要不要尝试一下呢？按照妈妈说的简单的方法，尝试一下？如果坚持了六个月，还是没有任何效果的话，妈妈就给你一百万。其实妈妈跟后辈们也是这么说的，一些人也按照这个方法做了……结果百分之百有效。所以，妈妈这样回答了前面的那位读者：

“我想了一整晚，如果说有什么方法可以战胜痛苦，那就是感恩。当以为自己失去了一切的那一刻，我突然意识到，自己并非一无所有，而是一直都有所得，那些珍贵的东西从未离开过。当我明白了这些，痛苦也就失去了它的威力，因为得到的东西远比失去的要多得多。”

长条糕与新的一天、新的事情

蔚宁，如果你拥有一颗感恩的心，那么希望就会在你身边。

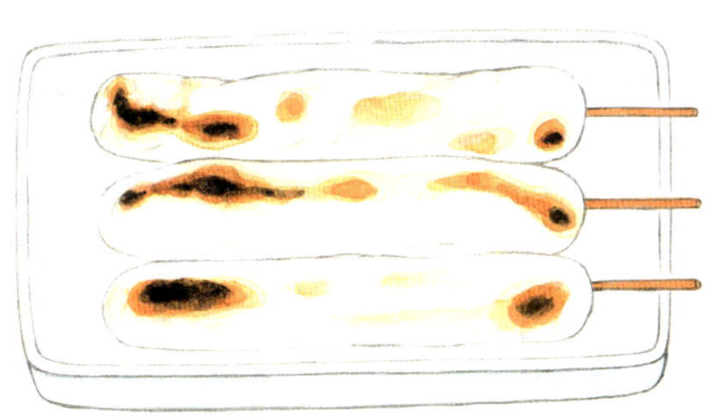

今天试着做一份烤长条糕吧。

就是过年的时候，妈妈让你带回去的

那种切好的白色的糕。

长条糕有些硬，

在上面抹上一些妈妈之前给你的苏籽油。

读一读江本胜的《水知道答案》,你会意外地发现,当水感受到“感恩”的情感时,就会形成近乎完美的结晶,其次就是感受到“爱”的时候。

今天试着做一份烤长条糕吧。就是过年的时候,妈妈让你带回去的那种切好的白色的糕。长条糕有些硬,在上面抹上一些妈妈之前给你的苏籽油。如果苏籽油没了,用香油也可以。如果连香油也没有,那就直接烤吧,味道非常清淡,很好吃。可以用稍微厚一些的平底锅烤,如果没有,直接用夹子夹着长条糕放在煤气炉上烤均匀。等长条糕快要烤焦的时候,也就是上面出现一块块焦黄时,这个时候烤出来的最好吃,还可以蘸点儿酱油,不信的话,你试一试。

在酱油里稍微加上点辣根或者芥末,然后用烤好的长条糕蘸着吃。味道很惊艳吧?嗯,跟传统的吃法——蘸着蜂蜜或者糖稀吃,味道不一样,而且还可以作为减肥食品。

今天的料理是不是超简单?这样就做好了。还可以用长一点的筷子或竹签把长条糕串起来,坐着吃躺着吃都可以,还可以一边吃一边看书,怎么样?有人说,这不是在家学习的状态,而应该称为“在家滚来滚去”。嗯,这个说法很形象,我很喜欢。对,在家滚来滚去。

喝水的时候,可以对着水窃窃私语:

“新鲜的水啊,谢谢你,请进入我的体内,帮我减掉脂肪,给我新鲜的能量。”

是啊，蔚宁，新的一天，就让我们开始新的事情。就像“新酒要装在新皮袋里”[1]一样。

①出自《圣经·马太福音》第九章。

生活属于那些珍惜人生的人。

妈妈知道，一直以来，你都在努力成为这种人。

所以，那些小失误、那些失败，还有那些无休止的考验，

你要把它们看作是神的旨意，是为了把你变得更加成熟。

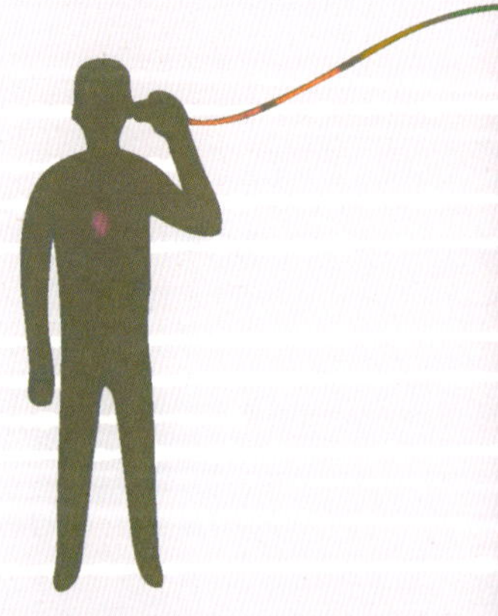

第三章

幸福少一点，幸福多一点

第十九道菜

因为年轻，绝对支持

在贫瘠的土地上开花结果的橄榄

这次休假期间的旅行，真的很愉快。很久没有跟旅游团一起去旅行了，不但价格便宜，还让我有了一次全新的体验，原来没有个人自由的旅行也能如此惬意。十天来，景点、交通、饮食、住宿都由旅行社统一安排。不用再去苦恼吃什么、去哪儿玩、逛什么，有一种被解放的新鲜感。只要对旅行社有足够的信任，相信他们会给我最好的安排，还是很愿意偶尔像这样被“剥夺自由”。妈妈甚至还因此认真考虑了一番，为什么会有那么多人崇拜独裁者，大概思考了三秒钟。

西班牙旅行中的橄榄

辽阔、美丽而又热情的西班牙，拥有丰富的文化遗产和美味的海鲜，还有质优价廉的葡萄酒，这些都是妈妈非常喜欢的。在这次旅行中，妈妈又结识了一位好朋友，那就是橄榄。

当然，在去往西班牙之前，妈妈对橄榄也不讨厌。小时候去海边玩耍时，你外婆会在妈妈的后背上涂抹橄榄油，这是妈妈对橄榄油最初的记忆。在海边戏水时，后背常常被晒得发红，你外婆就会给妈妈涂上橄榄油，当时只是觉得它是一种很厉害的油，是一种良药，能让我的后背免于疼痛。

但是成年之后，大概是在希腊的时候吧，我第一次见到了橄榄树，至今还记得当时的感觉。橄榄树竟是如此矮小，完全颠覆了我的想象。能够结出那么棒的橄榄果，榨出那么芳香的橄榄油，它的树竟然要比其他树木矮小，就连它的绿色也不够鲜艳。然而，就是这毫不起眼的树木，一整年都会不断地结出橄榄果。更想象不到的是，橄榄树能在非常贫瘠的土地上生长，别的树木却很难做到。

你应该知道吧，旅行中，女性最容易得的一种病就是便秘。当时导游就告诉这些游客，至少要喝下一汤匙的橄榄油。毕竟是油啊，当时还担心喝下去会发胖，但是真的出现了意想不到的效果。

很久以前，宙斯决定选出一位希腊雅典城的守护神，规定谁能够赠送给人类一件最好的礼物，就用谁的名字来为这座城市命名。最终女神雅典娜胜出，战胜了将马作为礼物赠予人类的海神波塞冬，而她送给人类的礼物就是一棵橄榄树。

地中海沿岸的人们一直把橄榄树看作神的礼物，珍爱有加。对了，有一件事情特别有趣，到现在还记忆犹新。参观欧洲修道院的时候，特别是在意大利和西班牙，那里每一条走廊里都摆放着大缸，可以容纳两个身材肥胖的大叔，如果跳进去，估计只能露出脑袋来。问了才知道，原来这大缸是用来装橄榄油的。

我的时间
将会变成
芬芳的养料

彼得·梅尔的《普罗旺斯的一年》是妈妈非常喜欢的一本书，书中诙谐幽默地讲述了法国南部的人们对橄榄树的情有独钟。这本书特别有趣，妈妈每次头疼的时候就拿出来看，现在偶尔还看一看。按照书上的说法，优质的特级初榨橄榄油跟超市里卖的橄榄油之间，简直有天壤之别。你知道廉价烤肉店里的假香油跟奶奶从乡下寄来的纯香油之间的差别吧，橄榄油之间的差距更是明显。据说普罗旺斯地区的厨师们常常会夸大其词地宣称，为了求得上好的橄榄油，可以不惜除生命以外的一切代价。

把地中海的鲜美吃进嘴里

那今天就用橄榄油做一道菜吧。首要的材料是橄榄油，应该会像妈妈的其他菜谱一样，非常简单快捷。

首先到超市去买一瓶特级初榨橄榄油。贵一点儿的自然好，不过妈妈用的是一瓶一万五千韩元的那种。一分价钱一分货。贵的东西，虽在价格上不尽如人意，但在质量上自然是没有问题的。当你犹豫不决时，选择贵的肯定没错。现实就是这般悲凉。如果还有结余，最好再买一瓶意大利香醋。一瓶橄榄油、一瓶意大利香醋，大概可以吃上一年。

先来做个沙拉。任何蔬菜都可以作为食材，生菜、莴苣、卷心菜、白菜、菠菜，反正就是提到沙拉时，我们能想到的一切蔬菜。将适量的蔬菜装进一个大而精美的盘子里，然后“随意地”倒上橄榄油就可以了。完成！你问就这样吗？西班牙人和意大利人也都是这么吃的，而且每天如此。你说这不能算料理？那就再倒上两勺意大利香醋，妈妈建议的那种。（香醋可以按个人口味添加，但可不能随意哦。）完美！

如果因没有香醋而略感遗憾的话，可以撒一点点盐。除此之外，妈妈还会再撒一些胡椒。这次可真的是最后一步，再没有什么需要添加的了。这个时候，你可以开始优雅地享用了。吃沙拉时一般搭配面包，最好是法棍面包或法式乡村面包（就是那种一提到面包，我们就会想起来的画上的圆面包），如果没有也无所谓。妈妈一般会用烤面包机，把面包烤得干干脆脆的再吃。橄榄油会渗透到蔬菜里，再混合着蔬菜汁一起流进盘子，用烤好的面包蘸着这橄榄绿色的油汁，非常美味。

如果没有沙拉，那就把橄榄油倒进小碗里，用面包直接蘸着吃也可以。跟黄油比起来，别有一番风味，令人回味无穷。当然，也可以根据个人的口味，在小碗里加入一些香醋、盐、胡椒等。

如果觉得洗菜太麻烦，不愿意做沙拉，那我们不妨干脆做个面包的料理。法棍面包自然很好，一般的烤面包也不错。先准备一个小碗，倒入适量橄榄油，然后放入三分之一茶匙的蒜泥，搅拌均匀。最好再放入一些碎欧芹或是风干的欧芹（瓶装的那种），

啊，这道菜正符合妈妈的人生信条——简单！

你可以配上一杯咖啡，

红茶、香草茶、红酒也是不错的搭配。

没有的话可以跳过这一步。把拌好的酱汁抹在面包上，大功告成！这就是松脆美味的蒜香面包。

啊，这道菜正符合妈妈的人生信条——简单！你可以配上一杯咖啡，红茶、香草茶、红酒也是不错的搭配。怎么样？绝对不会让你后悔的。

如果你想要再完美一些，可以买些圣女果（没有的话，就直接用大西红柿），拌进沙拉里。剩下的西红柿，准备一个大碗，然后用手把它们挤碎。不怕麻烦的话，可以用切割器切碎，也可以用刀剁碎。如果还想要更完美一些，那就放少许罗勒叶或迷迭香叶。妈妈喜欢直接用手把西红柿挤碎，碗里的西红柿汁可以呼噜噜地喝掉，剩下的那些就放到抹了蒜汁的面包上享用。你会有一种把地中海的鲜美吃进嘴里的奇妙感觉。

妈妈知道，没有妈妈在身边的日子，你一直都在为实现自己的梦想而努力。妈妈很想告诉你，妈妈非常感谢，也非常欣慰。孩子在大学毕业以后，就不用再给他们提供任何经济上的支援，这是妈妈一直坚持的处世哲学。妈妈非常感谢，你能够奉行妈妈的这一原则，一边求学一边辛苦地打工挣钱，妈妈倍感欣慰。

还记得你当时为了梦想要辞去工作的时候，妈妈说过的话吗？因为年轻，所以绝对会支持你。成功也好，失败也罢，对你来说都是一笔丰厚的人生财富。妈妈还坚决地表示过，绝对不会给你任何经济上的支援，还记得吗？

回头看看妈妈走过的路，你就明白了。其实妈妈当时写作只是为了挣钱，为了生计，根本没有想过要写出什么世界名著，或者出版畅销书之类的。迫于生计，手不停地挥而已，只是写着写着就有了今天。

其实妈妈现在依然可以断言，如果我的父母能够留给我一笔巨额财富，我的丈夫能够给我一笔补偿金和孩子的抚养费，我又怎么会这样辛苦地写作呢？虽然是为了钱而写作，但写作并非只是为了钱。每天战战兢兢，如临深渊，正是这种走钢丝一般的心境才让我一直保持着创作的紧张感，同时也赐予了我谦逊的美德。

希望结出橄榄果般美丽的硕果

妈妈又怎么可能没有贪念呢？只要创作就希望被别人赞美，希望自己的作品被称为佳作，妈妈又怎会不希望听到这样的话？即使当时有很多钱，妈妈肯定也执着于此。想要创作一部作品，光构思就需要一年，然后再花三年的时间去查找资料……而真正执笔的时间需要十年。在很长一段时间里，妈妈不得不为了十万韩元，为公司撰写企业报刊，改编童话故事，甚至为别人润色文章。那段时间，妈妈每天没完没了地敲打着键盘，感觉自己从事的劳动既低级又卑微，甚至觉得自己生活得很悲惨。但正是因为这些劳动，让我对语言更加熟知而又亲切，同时还锻炼了我的忍耐力。

所以，蔚宁，千万不要消极地看待现在的打工时光，当你的梦想变为现实，再回首那段时光，你就会明白那些时光犹如你人生中芬芳的养料。即使最终没有梦想成真，而是驶向了别的方向，但自食其力的人们的劳动永远是最美丽、最高尚的，他们的人生同样美丽而精彩。妈妈这些领悟都来自于橄榄树，看似那么不起眼，却能在贫瘠的土地上开花结果，并成为人类历史上初兴起民主、文明的希腊古城的象征。

蔚宁，尽管你的椅子并不柔软，衣服有些陈旧，住的房子也比较简陋，但是我们要相信，终有一天你的人生会结出像橄榄果一样美丽的硕果。所以，看似平淡无奇的一天，也将会成为你梦想中美丽的一角。

第二十道菜

把执念带到我枕边的人

生病的时候，来份绿豆粥和煎西葫芦

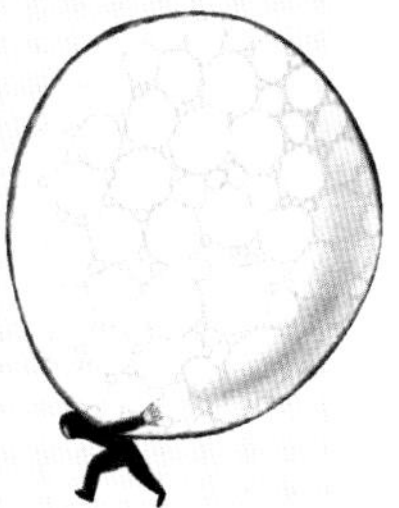

有一次你病得很厉害，妈妈跑到你家，给你做了这样的饭菜，还记得吗？每次见面，我们一般都出去吃两个人都喜欢的生鱼片或者烤肉。但是那天你生病了，妈妈就去了趟市场，买了一些食材带过去。大概十分钟，妈妈就准备好了饭菜，简单而又清淡。刚吃了一口，你便说：

“妈妈，在家里吃饭真好，胜过任何一家饭店的山珍海味，既美味又舒适。”

我们都深感惬意，非常开心地在家吃了一顿饭。妈妈到现在都还记得我们当时面对面吃饭的场景。嗯，你不是想知道这些饭菜的做法吗？那我们现在就开始吧。

从绿豆粥开始吧。半杯五分捣米①（因为妈妈吃五分捣米，不吃白米），或者半杯普通大米也可以，三分之一杯去皮绿豆，洗好之后放到锅里，然后倒入大概十杯水（都以纸杯大小为标准）。水煮开以后就把火关小一些，为了防止糊锅，可以偶尔搅拌几下。如果喜欢喝煮得比较烂一些的粥，可以多倒一点水，再多煮一会儿。妈妈喜欢比较有嚼劲儿的粥，一般不会煮太久。

①磨后的大米只留下占 50% 的胚芽，然后捣成的大米。

水煮开之后，大概再过十五分钟，但每个人的喜好各不相同，所以在煮的过程中可以用小勺盛出来一点，尝一下看看，根据自己的口味，灵活掌握关火的时间。大家都知道，绿豆是解毒的好东西。那天你又是过敏，又是肠炎，所以妈妈才买了绿豆。

煮粥的同时，准备一个西葫芦。把西葫芦切成厚约七毫米的小块，然后直接放在刷了油的平底锅里，把两面都煎成金黄色。（这也是根据个人的喜好，妈妈在煎西葫芦的时候，也会煎得稍微有点嚼劲儿。）把煎好的西葫芦盛到一个又大又漂亮的盘子里。绿色的西葫芦皮，熟透的金黄色西葫芦肉，搭配在一起特别漂亮。玉筋鱼调味酱（玉筋鱼鱼露一勺，蒜泥三分之一茶匙，香油半勺，辣椒粉，还有少许芝麻）可以多做一些，最好把它们装进一个小瓶子里。调味酱本来就是发酵的时间越久越有味道，妈妈在做煎茄子、煎豆腐的时候会倒上一些这个酱，吃橡子凉粉的时候偶尔也会用到。在每一个圆圆的煎西葫芦的正中间，妈妈都会滴上一滴玉筋鱼调味酱，如同一个个花骨朵在绿色的叶子上羞涩地绽放。现在就全部做好了。

区分执念与爱的方法

这个绿豆粥和煎西葫芦，妈妈经常会做着吃。当感到身体好像被什么填得满满的时候，觉得心里憋闷的时候，或者皮肤过敏的时候，都会想起它来。抑或是感觉自己的内心被欲望和执念填满的时候，也会做这个吃。

蔚宁，你应该也明白吧？痛苦源于执念。虽然并非所有的痛苦都来自于执念，但几乎都是从执念开始的。妈妈曾经也对一些人过于执着，放不下心中的欲望和执念，但自己却没有意识到这种执念。终于有一天，妈妈明白了，之所以会痛苦，并非因为那些人太坏，也并非欲望没有得到满足，而是因为自己的内心太执着，所以痛苦才会源源不断地从心中涌出。

好，那我们就从这里开始。如果能够认识到自己的执念，那么问题就已经解决了一半。如果还没有意识到，或者反而把它当作爱，那估计世上没有比这更悲剧的事情了。妻子和丈夫、妈妈和儿子、男人和权力都是如此。

你想知道如何区分执念与爱吗？妈妈也为此苦恼过很久。这个问题很难，需要不断地自我反省才能弄明白，但如果一定要一个方法的话，妈妈可以告诉你，痛苦来自哪里，哪里便是执念。他这样做的时候，你很开心，可他如果不这样做，你就会陷入悲伤和痛苦的深渊，那么这就是执念。所谓的爱情，不管他做什么，不管他对你好与坏，就算他抛弃你奔向别人，甚至他离开了人世，这份爱都不会改变。当他让你伤心的时候，就拉开了你们之间的心理距离，如果这个时候，他希望你们之间的关系能恢复到从前的状态，那么这就是爱情，反之则是执念。

其实爱情往往与执念交织在一起，没有百分之百的爱情，也没有百分之百的执念。如果上面的那些情况频繁发生，那么你现在的感情更偏向于执念。如果是爱情，能够好聚好散；但如果是执念，那就很难接受分手。世界上最差的一种关系，就是无法分手的关系。对于不断给你带来痛苦的人（不管这个人是谁），如果你无法跟他保持一定的心理距离，那就是执念。

父母与子女之间也同样如此。在确立父母与子女之间的关系之前——即使子女还未成年——彼此都是宇宙中平等的存在。虽然存在本身可以相互影响，却不能相互侵犯。应该根据彼此的意愿，适当地保持距离。正如纪伯伦所说："在你们合一之中，要有间隙。让天风在你们中间舞荡。"再看看连体双胞胎，即使手术风险很大，父母不是也坚持将他们分离开来吗？

关系真正开始的时候

记得你小的时候，有一次妈妈发现，你竟然知道男朋友电子邮箱的密码，妈妈觉得非常震惊。妈妈理解你们想成为一体，以及不管什么事情都想一起做的心情。但是在现实生活中，没有人能够合二为一。没有一对情侣可以做到这一点。想想妈妈刚刚提到过的连体双胞胎。甚至连性也是如此，身体相互交织在一起，希望彼此能合为一体，但是躯壳却赤裸裸地告诉你们，彼此是完全不同的两个人。当你们在明白这一事实之后，往往会导致关系破裂。

所以，以后再交男朋友，不要再要求他告诉你密码，也不要把你的密码告诉他。如果他坚持不告诉你昨天晚上去了哪里，那就没有必要再去追问。因为一个诚实的人，在跟你谈话的时候，会主动把这些事情清楚地告诉你，而不会故意隐藏。

如果一个男人要求你把自己的密码告诉他，还限制你跟朋友交往，那见他两次都算多。如果跟这种人结婚，他会把家庭看作一个小王国，而自己就扮演着国王的角色。就是所谓情感上的领导。你可以想想看，在单位无论跟哪个领导一起工作，你会觉得舒服自在吗？总之，爱情也好，家庭也罢，其实都是一种人与人之间的沟通与关系。两个人就是两个人，每个人都有自己的特点，只有当你认清这一点的时候，你们之间的关系才会真正开始。

蔚宁，妈妈年轻的时候，没有人告诉过我这些，所以才经受了那么深、那么长时间的痛苦。后来有一天，妈妈终于明白了什么是执念，所以每当痛苦来临的时候，都努力地放下那些执念。

妈妈为此一直不懈地努力着，每天晚上都会放空自己，试图放下所有的执念，将它们交予上帝，或者扔到离家很远的垃圾桶里。但是每到天亮的时候，执念又会重新来到我的枕边。到底是谁呢？是谁一次又一次地将执念带到我的枕边？啊，那个人其实就是我自己，那是迷恋，是后悔，也是愚蠢。

就像西西弗斯，每天都要不断地将巨石推向山顶，而每每未到山顶，石头又会滚落下来，每天白白承受着痛苦。妈妈也是如此，每天都要重新收起这些执念，痛苦着，挣扎着，但还是坚持要把它们扔掉。妈妈也曾经怀疑过，这样真的能够改变自己吗？但令我吃惊的是，欲望竟然在慢慢地变小。真的变小了。只是非常慢，慢到令人快要绝望的程度。

但不管怎么说，结果不是越来越好了吗，所以我才不再那么痛苦。而且，它还给我带来了平静和安宁。二十年过去了，现在妈妈终于放下了。就算晚上有人再把执着带到我的枕边，第二天早上妈妈还是能够轻松地把它们扔掉。这可是努力二十年的结果啊。

有舍才有得

不久前，你即将实现的一个梦想突然遭受重创，为此你心灰意冷。

人类，
快放下
执念吧！
我正在努力！

“臭丫头，你以为一口就能吃成个胖子吗？过去的事情就让它过去吧，咱们重新开始不就行了。”

虽然在电话里把你臭骂了一通，但是妈妈又怎么会不理解？年轻时拥有的那份期待、那份欲望（对你来说，曾经是你的希望）、那份执念，即使只是从中扯下一小块碎屑，你都会感觉痛得像要死去一般。是的，这样痛苦的日子，妈妈也曾经历过千百遍。那些希望已经理所当然地成为身体的一部分，突然有一天，要硬生生地把它们扯下来，感觉连自己的皮肉也一同被撕扯下来了……现在想起来，那些痛苦还让人心生战栗。

就是在那样的日子，要喝一碗绿豆粥。如果连绿豆粥也不想喝的话，那就先禁食好了。有舍才有得。妈妈曾告诉过你只有把手中紧紧握着的银子丢掉，才有可能得到金子；而只有当你把金子丢掉，才能够得到钻石。即使生活要赐予我们各种美好的东西，但恐怕我们伸出手，却发现根本没有空余的手去迎接。

阳光透过窗棂倾洒进来，写完这些，妈妈将双手伸向阳光。早春的阳光洒在妈妈泛黄的手掌上，如此温暖和煦、细腻柔软，却又如此强烈。试着感受一下。这种感觉难道不比钻石还要珍贵吗？它们弥足珍贵，让人充满感激，却又不求任何回报，充盈在天地之间。所以，蔚宁，你一点也不贫穷。

第二十一道菜

想吃什么就做什么

不能称之为料理的煮鸡蛋

妈妈一直在考虑这个能不能称得上是料理，反正咱们先做了再说。今天要做的是鸡蛋料理。食材是煮好的鸡蛋，配料是蛋黄酱。还可以准备一些芝麻盐或者芝麻，还有圣女果、奶酪、橄榄、火腿肠。根据自己的喜好，看着准备就可以。

下面就看一下制作这道料理的方法。首先是煮鸡蛋。你知道吧？煮鸡蛋的时候，一定要把鸡蛋先放到凉水里，等到水煮开之后，大概过七分钟，就能煮到半熟的状态，十五分钟后就完全煮熟了。像这些常识性的东西，最好都能记下来。把煮熟的鸡蛋去壳，然后切成两半，取出蛋黄，放入蛋黄酱中搅拌均匀，然后再把搅拌好的蛋黄酱放入鸡蛋中，这样就大功告成了。可以再把两半鸡蛋合在一起，变成一个完整的鸡蛋，就像一个完整的人生一样，当然也可以半个半个地摆放。

对于吃，我们有绝对的自由

嗯，今天这道菜，我们可以理所当然地称之为料理。妈妈小的时候，外婆经常给妈妈做这个放到饭盒里。那时候，大家通常把煎蛋铺在米饭上，就像盖饭那样。但是煎蛋的油会沾到米饭上，我很不喜欢，就跟外婆建议做这个。是啊，虽然有些不可思议，但如此这般就做好了。

我偶尔在里面放上一些芝麻，嚼起来觉得特别香。放一些干酪粉也不错，可以直接撒在上面。如果在家招待朋友的话，可以多做一些，然后根据颜色搭配，在蛋黄上放上一些圣女果、火腿、橄榄之类的，看起来漂亮极了。把黑色的橄榄捣碎，搅拌到蛋黄酱里，也很漂亮。把这个当作早餐也非常棒，可以搭配松脆的烤面包片一起享用。或者像以前妈妈吃便当的时候那样，跟米饭一起吃，味道也很不错。还可以用来当作小孩子断奶期的食物。当然也是非常不错的野餐食品。与往常一样，料理的话题到这儿就结束了。

对，这当然也可以称为料理，因为我们有绝对的自由！我们没有必要连吃东西都要看别人的脸色。既然提到了吃的方法，那不妨再来听听下面这个故事。

妈妈在德国的那段时间，暑期休假的时候，带着你的弟弟们去了法国南部地中海沿岸的一个小城市，它坐落在戛纳和尼斯之间。那里有一个名为“地中海俱乐部”的度假村。到了才发现，那里的东方人只有我们一家和一个日本家庭。

“地中海俱乐部”的原则就是提倡自由，“做任何事情的自由，任何事情都不做的自由”，我们在那里过得很愉快。他们提供一日

对，这当然也可以称为料理，因为我们有绝对的自由！

我们没有必要连吃东西都要看别人的脸色。

三餐（吃饭时间也由自己决定），啤酒和葡萄酒都是无限续杯！（所以，你能想象妈妈有多么喜欢那个地方吗？）

我们在那里待了八天，后来认识了一些法国人、德国人，还有从英国过去的一些人。其中给我留下印象最深的是一名法国巴黎迪士尼乐园的漫画负责人。他说自己已经离婚了，女儿们一直跟着前妻。但前妻要和现任男友一起去度假，所以这个夏天就由他来负责照顾女儿们。还有一对来自德国的夫妻，一位是化学教授，一位是数学教授。之所以强调他们的职业，是因为我们要谈有关吃的事情。他们都是知识分子阶层，属于中产阶级，也非常谙熟饮食文化中的礼仪。

到了晚上，度假村会提供正餐，当然也有葡萄酒。一般取完正餐以后，到主桌上挑一瓶葡萄酒就可以。不过那天的天气非常炎热，他们提供了桃红葡萄酒（颜色介于白色与红色之间），用冰块冰镇着，非常凉爽。那些人喝葡萄酒的时候，竟然把孩子们喝饮料时用的冰块拿过来，哗啦啦地倒进了盛着桃红葡萄酒的精致酒杯里。虽然我清楚红葡萄酒配红肉、白葡萄酒配海鲜的共识在西方已经被打破，但看到这种场景，还是有些吃惊。因为我第一次看到有人把冰块直接放进葡萄酒里。桃红葡萄酒的颜色慢慢变浅，变成了芬达的颜色。

我问他们：“葡萄酒里面可以直接放冰块吗？”

他们笑着回答我：“为什么不可以呢？天气那么热。”

他们的回答打破了妈妈对食物的理解和对西方礼仪的认识。那一瞬间，妈妈仿佛听到了传统而又僵硬的思维框架破碎一地的声音，非常有冲击力，也充满了新鲜感。没错，对于吃，每个人都有绝对的自由！反正是要吃进我自己的肚子里，当然要由我来决定。啊，即使是理所当然的事情，当你偶然间领悟到它的“理所当然”之时，那种新鲜的感觉真好。到现在妈妈还对那个夏天记忆犹新，真是一次难忘而愉快的学习经历。

教孤寡老人做饭

妈妈在杂志上连载与饮食相关的文章期间，有一位男士给我寄来一封长信。他说自己以前从来没有做过饭，但是听了我说的，只需要五分钟就能做好一道菜，在妻子生日的时候，尝试着做了虾和面条，还做了蜂蜜香蕉作为餐后甜点，味道也是出人意料地棒。特别是蜂蜜香蕉，因为没有蜂蜜，烤的时候就放了糖浆，结果全家人都非常喜欢，还要求再做一次。真的只用了五分钟，而且味道特别棒。他说感觉现在好像也会做饭了。我当时特别满足，就像自己也吃到了他做的饭菜一样，非常开心。

人们真正独立，真正成人，真正能为自己负责，虽然看起来很简单，但做起来却不容易。而且还有一个前提，那就是能为自己做饭。这一点非常重要。

不久前，妈妈见到一个社会工作者，他跟我说，现在的孤寡老人中，男性自杀的一个很重要的原因就是做饭问题。他们以前从来都没有做过饭，现在更是无从下手，这种绝望感是导致他们自杀的相当重要的原因。这样的分析有一定的道理。因此他说要给孤寡老人进行培训，从做饭的方法到简单的凉拌菜，再到复杂一些的汤，都要教给他们。

妈妈也赞同这种做法。不管是在单位吃，还是去外面吃，都多少会有不便之处。自己的饮食由自己决定，本是人类尊严的重要组成部分，甚至也是我们活着的理由。妈妈真心祝福那位男士和他的家人。

蔚宁，你现在也是成人了，想吃什么，就自己做什么，这种感觉还不错吧？其实做饭并不是单纯地为了满足自己的嘴巴。妈妈之前也讲过，如果觉得心情郁闷，那就活动活动身体。只要一次就可以。这个时候，最好的选择就是做饭、打扫卫生，或者听着音乐散步等。令你心情郁闷的原因可能有数万种，但是克服郁闷的方法却只有一个。首先就是活动你的身体，然后吃一些好吃的（对你身体好，同时又不容易长肉的那种），让你的身体变得温暖起来。再读一些或者听一些美文，想一想美好的事情。

身体真正需要的东西

妈妈曾经说过，如果你现在觉得孤单，那么一定不适合交男朋友。所谓饥不择食，对于饥饿的人来说，哪怕是对自己身体不好的东西，也会轻易让他动摇。如果你现在觉得孤单，那应该多读一些书。多给自己一些独处的时间，最好的方法也许是定期做祷告，参加志愿活动。可以把做祷告的时间固定下来（特别是清晨的时候，效果要比其他时间好十倍，甚至二十倍）。还有志愿活动……知道吗？这世上还有很多人在等着你去帮他们。每周参加一次志愿活动，一次大概三四个小时。对于你来说，会是一个对抗孤独的好方法。

因为孤单随意跟别人交往，其实是对别人的利用，利用他人排解你的孤单。我们不能把人当成工具。反过来，如果别人是因为孤单需要交个女朋友，才选择跟你交往，那你肯定也不愿意。

所以说，为了做出正确的选择，首先需要了解你自己。了解你的身体状况，了解你的内心所想，了解你感受到的痛苦到底是真还是假。有人曾问过我这样一句话："你真的住在你自己的身体里吗？"听到这个问题的时候，妈妈吓了一大跳。我当然住在我的身体里，不然住在哪里呢？但是我又突然产生了疑问：真的是这样吗？

今天就好好了解一下你自己吧。问问你的身体，真正想要的是各种甜食，还是那些用廉价的油做出来的油炸食品，或是放入了大量的味精，看似美味却有刺激性的东西。当然，有时候我们的确有这些想法，但不妨再确认一下："真的想要这些吗？"

肚子饿的时候，明明知道是对身体不好的东西，用了一些不好的材料，但还是想一股脑儿地全塞进肚子里。妈妈也会碰到这样的情况，但是会停下来，调整一下自己的呼吸，然后问自己："你真的要这么做吗？"听到这样的问题，妈妈竟然会流泪，让人出乎意料。啊，原来这并不是我想要的。我只是想用这些东西，把自己不好的情绪和感情（孤独、冷漠、绝望、失落、愤怒等）伪装起来。其实这个时候，你的身体反而更想要放空，希望能静静地待一会儿。你要知道，它其实只是想跟你一起喝杯清茶，慢慢地梳理一下思绪，找出自己的不足，并净化自己。

如果孤单让你感到痛苦，那就试着跟自己相处。如果跟自己都没法相处的话，那不管跟谁待在一起，你都会感到孤单。这就是所谓的"不可理喻的孤单"。所以你要学会一个人独处。首先就是要照顾好你的身体。妈妈经常对你说，身体和精神并不是独立的存在，身体反应迅速，视野也会变得更加开阔。

昨天走在街上，春风细腻而又柔和，我把脖子上的围巾解开，披在肩膀上。今天早上，妈妈被小鸟的叫声吵醒了。往常都会喝一杯咖啡，但是今天突然想喝香草茶，所以就沏了一杯。夜晚，我的枕边遗落了一些后悔，妈妈早上把它们收集起来，晾晒在阳

不要！
我要一个人待着。

亲亲我吧

光下，并说了一声感谢。对所有的一切——天空、风儿、空气，还有这清晨……感谢大自然无偿赠予我的一切，我要好好珍惜这美好的时光。

亲爱的蔚宁，把窗户打开，做一次大扫除吧。听一听歌剧《费加罗的婚礼》中的二重唱《今夜微风吹拂》。就这样，人生又一次重新开始。就是今天。不管在什么情况下，你都可以重新开始，开始你幸福而又充满意义的人生。你一定要记住，我们拥有追求幸福的权利。妈妈想祝福你的青春，连痛苦都能散发出耀眼的光芒，祝福这生命的春天！

第二十二道菜

今天的你最美丽

让春天清香四溢的豆芽饭和山蒜酱汁

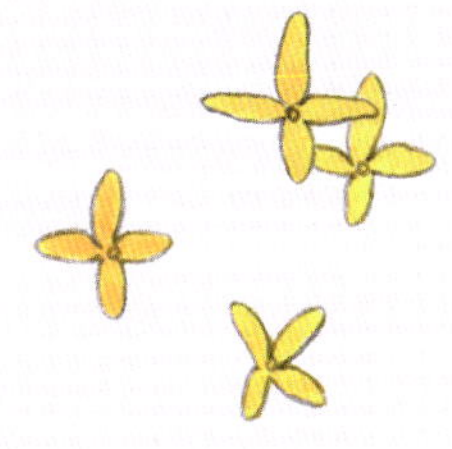

妈妈教给你的那些菜，好像都算不上主食，妈妈仿佛听到了你抱怨的声音：“您得让我填饱肚子吧。”好吧，那今天我们就做一道主食。清脆爽口的豆芽饭，再加上能让这个春天清香四溢的山蒜酱汁，今天咱们就吃这个。妈妈在网上搜索过，竟然没有豆芽饭的做法……总之教给你一个全世界最简单的做法，“妈妈牌”豆芽饭。

怎么吃，完全由你自己决定

首先准备一份五花肉，半个拳头那么大。再多一点，或者再少一点都没有关系，完全由你自己决定。把五花肉切成像木筷子那么粗的长条，长度大概在三到五厘米。妈妈喜欢把五花肉、豆芽和饭都掺在一起吃，所以会切得细一点，这样用饭勺吃起来比较方便。当然这个也根据自己的喜好，你可以切成像烤五花肉那么大块儿，吃的时候直接放在饭上就可以。妈妈在前面已经讲过了，饭怎么吃，完全是吃饭人的自由。

把五花肉放到锅里，根据自己的口味，倒入适量的香油，炒一下。嗯，是不是闻着就觉得很香啊？再把洗干净的豆芽倒进锅里（一人份的量，大概半袋豆芽就可以）。盖上锅盖，开始有蒸汽的时候，就可以关火了。完成！

你问这样就可以了吗？对啊，做完了。并不是要把大米洗干净，然后把豆芽放进去一起煮，而是用现成的饭或者剩饭，速食饭也可以，把它们放到豆芽炒肉里，然后拌在一起吃。单独做的话，吃的时候会更方便一些，家人回来以后，直接把豆芽炒肉热一下，拌着热腾腾的米饭吃就可以了。妈妈自己一个人吃的时候，也会用上一整袋的豆芽。妈妈不想变胖，所以不管怎样都会多吃豆芽。即便如此，也不会吃腻，真的非常感谢豆芽。

下面再做一个山蒜酱。先把山蒜洗干净，然后切得细细的（不要切得太碎了，稍微有点嚼头比较好），然后按照自己的喜好，倒入苏籽油（如果没有的话，用香油也可以）。你应该不会倒入满满一小碗油吧。适当倒上一些就可以，不用太在意。然后滴入几滴醋，撒上一些辣椒粉，这样就可以端上饭桌了。

把适量的饭盛在拌饭用的碗里，再放上炒熟的豆芽和五花肉。盛着山蒜的小碗已经摆到饭桌上，里面的山蒜还是精神抖擞地立着，一个个抬着绿油油的脑袋。这个时候，把浓汁酱油慢慢地倒入小碗中，稍微搅拌一下，然后直接倒进豆芽饭中搅拌均匀。注意，这里的重点是不要早早地把酱油倒进小碗里，否则山蒜就会被泡蔫，它本身的香味也会丢失。好了，现在可以美美地享用了。

怎么样，很简单吧？

如果想再吃得丰盛一点，就把剩下的豆芽倒进清水里，加上少许的葱、蒜和盐，煮个豆芽汤；或者是不放任何调料，把青海苔烤成浅绿色，然后裹上一些山蒜酱，味道也非常不错。光是想着嚼海苔时发出的松脆声音，就会觉得满口清香。

吃豆芽饭的时候，也可以搭配着烤鱼食用，比如烤青花鱼、鲽鱼、马鲛鱼，都很不错。你知道吗？青花鱼、马鲛鱼、鲽鱼，做这些烤鱼的时候，你可以把它们直接放在油上烤，也可以先准备一个薄塑料袋，倒入一勺面粉，或者炸粉、饼粉，然后把鱼也放进去，摇晃一下，让面粉把鱼裹均匀。这时，再把穿上了白色衣服的鱼放到平底锅上烤，这样烤出来的鱼，不仅看起来很精美，连鱼皮都非常香脆。

剩下的山蒜用保鲜膜包好放起来，第二天再做。浅绿色的海苔包着热气腾腾的米饭，再辅以新鲜的山蒜酱汁，哇，味道真的很棒。就像把春天的大海和原野都吞进了肚子里，有一种畅快淋漓的感觉。

如果还是觉得不太满足，就再做一个煎豆腐。把豆腐煎成金黄色，蘸上一些山蒜酱汁，味道很不错。跟其他酱汁不同，山蒜酱汁最好是现吃现做，才更有味道，所以不要一次做太多。

今天的我最美丽

今天你从老家坐公交车来看我，妈妈在等你的时候写了这篇文章。今天早上，妈妈早早地起床，把被褥抱到阳台上抖了抖，然后晾起来。那些一整晚把妈妈弄得头昏脑涨的后悔和迷恋，也像头皮屑一样向空中散去。把房间打扫干净，用珍爱的茶杯沏了一杯香草茶，茶水呈现清澈透明的碧绿色。

不经意间看向镜子，妈妈突然觉得，镜中的自己如此美丽，比这五十二年来的任何一天都要美。啊，蔚宁，你能理解妈妈此刻的心情吗？瞬间鼻子一酸，各种难以言说的心情涌上心头。妈妈虽是个作家，却无法用语言向你讲述此刻的心情。坦率地说，妈妈从来没有想过，在五十二岁的年纪看到镜中的自己，竟然会说出这样的话："今天的我最美丽。"

是啊，妈妈也没有想到。没想到会有一个像你这样漂亮的女儿；没想到会变得这么有名，无论是被别人称赞也好，责骂也罢。当然也没有想到我会这样每天一个人迎接黎明，而在不知不觉间已经人过中年，变成一位有很多痛苦回忆的中年大妈。更没有想到，虽然已过去了五十年，但每天对着初升的太阳，

仍然心怀感恩，心存感激。是啊，这些妈妈都没有想到。

难道是因为春天的原因，妈妈竟然想唱一首赞歌，为这曾经痛苦的人生。

大概是上次吧，晚上八九点，妈妈走在首尔江南站的街道上，看到那些塔罗牌占卜的、算命的、看生辰八字的摊位前面，有一群跟你年龄相仿的女孩子排队等候,我当时有些惊讶。天气有点冷，而且又那么晚了……

妈妈想起了自己年轻的时候。我也曾经感到不安，觉得茫然和害怕。现在想想,妈妈那时也经常约朋友一起吃晚饭,一起聊天，然后跑到那些算命的地方去。其实想一想，那个时候付给算命先生的五千韩元或者是一万韩元，就算是在买一种心理安慰吧。我不想否认这一点。因为在这个世界上，有很多时候，我们虽然花了五千韩元或者一万韩元，或者更多，却买不到任何安慰，得到的只是绝望和羞辱。妈妈对待事情从来都是一丝不苟，后来因为不满意他们算出的结果，还学习了星座和生辰八字这些东西。你也知道吧，妈妈以前还给别人算过命呢。

结果当然是……算不出来。是啊，算不出来。但正因为对未来充满未知，我们才能够一直活着。想想看，如果妈妈在二十多岁的时候，也就是你这个年纪，准确地了解了现在的状况，而且对此深信不疑，那我还会有之后的生活吗？如果在那个时候有人告诉我：“你会离三次婚，会有三个不同姓氏的孩子，在过了五十岁之后的某一天，会觉得‘啊，现在过得还不错’。”在听到这样的预言之后，妈妈又该怎样生活呢?

幸好妈妈当时没有听到那样的预言，才会把每一次都当成最后一次，把每一次都当成仅有的一次。不管结果怎么样，妈妈还是觉得无比庆幸。就因为不知道结果，妈妈才看到了自己五十二岁时的美丽，到现在为止最美丽的自己。

妈妈给你讲一个关于预知未来的趣事吧?妈妈有一位哲学系出身的前辈，在二十世纪七十年代初到军队服兵役，那时的军队还处于相当野蛮的状态，这件趣事就发生在那个时候。当时他的上级们想故意刁难这位来自名牌大学哲学系的前辈，就对他说:“你小子是哲学系的?那你看看我的手相,讲讲我以后会怎么样！”(虽然现在也会这样，但那个时候，算命的地方都叫“××哲学馆”。而且说如果答不上来就要挨揍。哎呀，别提军队的事了，你弟弟马上就要去服兵役了。)前辈为了在那里生活下去，就认真地研究了他的手相，并对他说不管见到谁，他占的卦可是要绝对保密的，对谁都不能说。之后带着深邃的表情观察了他的面相，又看了看他的手相，然后对他说：

“你是一个很孤单的人啊。”

听到这句话的时候，一百个人里面，一百个人都会屏住呼吸，或者眼含泪水，认真地点头，并等着接下来的话。所以前辈又说了第二句话：

"你总是放着好路不走，非要绕远道，选择一条不太好走的路。"

于是一百个人里面，九十八个人会一边点头肯定，一边感慨："你怎么说得这么准啊。"那剩下的两个人呢？他们已经震惊得说不出话来了。所以前辈又说了第三句话：

"即使以后遇到诱惑，但只要你坚持走善良和正确的道路，你的中年和晚年都会过得非常好。"

这样，一百个人里面，有九十三个人都会觉得他算得很准，并且非常开心地表示感谢。而剩下的七个人呢？他们应该会买来好酒感谢他吧。

即将离世的那天，早上也要对着镜子说

是的，蔚宁，我们都很孤单。我们总是非常愚蠢，放着好路不走，偏去选择那条荆棘丛生而又错综复杂的道路。等到我们愚蠢地转了一圈又一圈，才发现现在所站的位置，只不过是最初错过的那条平坦之路的起点。其实我们每个人的内心都坚信，不管遇到什么诱惑，只要我们能够正直善良地生活，那么人生一定会有一个美好的结局。蔚宁，这就是神赋予我们的命运。

妈妈有的时候会想到死。到了妈妈这个年纪，就应该做好与这个世界告别的准备了。其实妈妈年轻的时候就已经想过死亡。

这一生中，
今天的
你
最美丽

因为无法预知自己何时会死去，才写下了这篇文章。等你来了以后，我们还是会一起欢笑，一起准备美食。正因为不知道自己哪天将会离开，对我来说今天才更加珍贵，更加美丽。

我美丽的女儿，人生都是一天一天过的。我们每一天过的都是今天。今天就是人生的全部。来看妈妈的路上，你坐在公交车里，如果看到的风景是一片春光明媚，那么你的人生也将会是春天。妈妈现在准备出去，到小路上迎接你的到来。即使在即将离世的那天，妈妈也要在早上对着镜子说："这一生中，今天的你最美丽。"

第二十三道菜

痛彻心扉的悔，没能更爱你

生下你之后，在香港吃的热生菜

这是很久以前的事情了，是妈妈第一次出国旅行的时候。那时候妈妈刚刚生下你，跟着你外婆一起到香港你姨妈家。妈妈那时还不到三十岁，跟你现在的年龄差不多大。妈妈一心想要寻死，而那个时候你姨妈，也就是我的姐姐，正要生第二个孩子，于是你外婆拉着我一起去香港帮忙。

妈妈拎着一个大大的包，包里只有韩国的香烟和一个笔记本。妈妈之所以能够活下来，其中一个原因就是香烟带给我的安慰。只要一有时间，妈妈就会抽上一支，慢慢地调整自己的呼吸，只有那样，才能让因为痛苦快要爆炸的心脏平静下来。还有一个原因，妈妈每每心情落寞的时候，都会打开笔记本，在惨白的纸上记录下自己的心情。妈妈年轻时的背包就是这么简单，剩下的东西，基本上都是按照你外婆的吩咐，随意塞进去的。

初次来到异国他乡，香港的五月已经是夏日，像美人蕉那样，高大的凤仙花已经开了，每面墙上都挂满了深红的九重葛。而在我的眼里，这些就像是因为伤心吐出的血块一样，那么刺眼。那段时间对于我来说，真的太残酷了。

你外婆和姨妈去了医院，妈妈负责接送当时上小学一年级的外甥，每天要把他带到乘坐校车的地方，下午再把他接回来。剩下的时间妈妈就无所事事，只是到处转悠。

你姨妈家的每个房间都能看到大海，妈妈住的房间自然也可以看到。那段日子，妈妈好像是因为一直抽烟，才勉强坚持下来。在香港的时候也一样，妈妈一边抽烟，一边写作。现在想想，写作对于我来说，也一直那么重要，可以说是我的一切。我的朋友、我的爱人、我的父母、我的神父、给我安慰的人……就算没有稿费的时候，妈妈也喜欢写作，后来，可以靠写作挣钱的时候，妈妈真是无比开心。

不想吃生冷的沙拉时

某个星期天的早上，你姨夫提议出去吃早餐。姐夫、外甥和我一起去了香港海边的一个中餐馆。广东菜一直号称是世界上最好吃的菜，但是我当时只能吃一点点东西。吃到肚子里，胃也消化不了，所以那个时候几乎没办法吃东西。再加上也不太喜欢比较油腻的中国菜，没有什么胃口。你姨夫点了几个菜，说很容易消化，也不会给胃带来什么负担。

第一次看到这道菜的时候，我很惊讶："天哪，这居然是生菜！"我把蘸着黑色酱汁的生菜放入嘴里。哇啊，当时我的嘴巴里，立刻有一种温暖的感觉，酱汁的清香、生菜的清脆爽口，到现在还记忆犹新……实际上，至今我都没有弄清楚那个餐馆给我们的到底是蚝油还是什么酱汁。后来回到韩国，我翻遍了资料找寻那道菜，可是找了很多次也没有结果。或许现在可以找到了吧。

总之，这道菜唤醒了我味觉的记忆。你听着妈妈的讲述，应该已经想起这道菜了吧。我们俩曾经一起吃过一整棵生菜，你不记得了吗？

首先准备半个卷心生菜，够吗？不够，还是准备一个吧，大概用两只手刚好能抓起来的大小。嗯，大一点或者小一点都没有关系。只要是卷心生菜就好。

在稍大一点的锅里倒入足量的水，然后把水烧开。等待水开的时候，在小碗里倒上一勺蚝油，超市里卖的那种，再倒上一些水，把蚝油调得稀一些。蚝油的缺点是有点咸，把它的浓度稍微稀释一下，大概调到像酱油那种程度就可以。现在把洗干净的卷心生菜放入沸水中焯一下。

如果生菜看着有些蔫（就是即使折弯，也不会折断的程度），就在上面浇上一些橄榄油，或者是葡萄籽油、玄米油之类的，只要是你知道的油，大概浇上一两勺，或者两三勺都可以。用漏勺把生菜捞出来，盛在一个又大又好看的盘子里。热生菜上浇上了一层油，所以不会凉得太快。吃的时候，把生菜盛到自己的小盘子里，然后倒上一些刚刚稀释过的蚝油，就可以美美地享用了。就这么简单！

妈妈这种体寒的人，不太适合吃生冷的东西，

所以，不想吃西式的蔬菜沙拉时，

可以来一份热生菜。

妈妈这种体寒的人，不太适合吃生冷的东西，所以，不想吃西式的蔬菜沙拉时，可以来一份热生菜。做沙拉剩下的生菜，可以先放到冰箱里，等到生菜有些蔫的时候，拿出来做这道菜。当作下酒菜也很不错，跟中国的高粱酒最配。当然配上烧酒或者清酒，也有意想不到的效果。

上次你来我这儿，走了之后，妈妈给你买了一些做沙拉用的材料，发现还剩下一棵卷心生菜，就做了这道菜吃。妈妈想起跟你外婆一起去香港的时候，那个时候你才一岁，个子很高，聪明懂事，而且非常漂亮，胜过任何一个孩子。想想过去，虽然白白丢掉了自己的钱财，虽然离开了那个人，但实际上，妈妈并不怎么后悔。包括当时低价变卖房子，每天以泪洗面，做过很多傻事，也包括没有更努力地学习。其实这些都算不了什么，唯一让我痛彻心扉、后悔不已的，就是没有给你们更多的爱，虽然这种后悔愚蠢到了极点。

付出是一件很难的事情

那天你问我："妈妈，我太伤心了。我真心诚意地为别人付出，但最终得到的却只有伤害。"

蔚宁，妈妈是这样想的。在这个世界上，最难的事情之一就是不求任何回报，真心诚意地为别人付出。很奇怪吧？而且这种不求回报，对别人来说往往更残酷。当然，我所说的不是向家庭贫困的邻居捐一些善款，或者是帮助那些缺少食物的儿童，而是彼此熟悉的人之间那种“礼尚往来”的无偿帮助。

妈妈以前跟你说过：“总是付出的 A，必定会遭到一直接受的 B 的背叛。”其实这是一样的道理。越深入地了解一个人，你就会发现，其实人的内心很复杂。如果用一句话来总结，那就是付出是一件很难的事，是世界上最难的事情。所以，当你要为你爱的人——或者并不是什么爱人，只是关系不错的朋友——无偿地做些什么的时候，首先深吸一口气，仔细想一想。也许你会因为这件事情，不但听不到对方的感谢，反而会遭到他们的指责，甚至还会受到各种诽谤和诋毁。有过几次痛彻心扉的经历之后，妈妈现在再遇到这样的情况，会先问一问自己：

“你为别人付出，也许最后得到的，只是别人对你的谩骂或者污蔑。即使这样，你也愿意吗？”

你觉得我说得太过分了？不，一点都不过分。如果你在付出之前，不先这么问问自己，这种付出其实非常危险。首先，你有可能会产生错觉，感觉自己白白当了好人，而这种想法也是最危险的，它有可能会伤害别人的自尊心。即使你并没有这种想法，但是当对方一有让自己不满的行为，你很有可能就会说出：“我那么对你，你怎么能这样呢？”而得到你帮助的那一方就会想：“就因为帮助过我，你才这么趾高气扬。”这样双方很容易对彼此产生误解。你好好想一想，妈妈的话还是有道理的。很多时候，无条件的付出只是出于自己的优越感。如果说得复杂一些，就是一种贪念，想要成就自己功德善行的贪念。

你担心在问了这个问题后，就不会再去帮助别人了吗？不会的，即使问完这个问题，还是有很多人需要帮助的。问完这个问题，就不要再去想回报，而是做好可能挨骂的准备。这样，即使别人不说什么感谢的话，你也会因为没有被骂心存感激，这就是提前问清楚自己的神奇效果。妈妈这种想法还是非常有道理的。

在佛教中，这种行为叫“不住相布施”；在基督教中，耶稣也说过：“左手做的事，不要让右手知道。”哦，妈妈是不是动不动就搬出孔孟之道？也对，妈妈也许是孔子的传人呢。以前，妈妈曾经遭受一些信奉儒家的保守派政客的批判，而正是因为这一点，妈妈才摆脱了他们的纠缠。哼，那些人认为自己的家世好，就胆大妄为。他们整天把“家世，家世”挂在嘴上，可是在知道这一点之后，也只好悻悻地走开了。那好像是妈妈第一次沾祖先的光。

本不该有的痛苦，却让人痛苦万分

亲爱的蔚宁，人生其实比我们想象的还要痛苦。妈妈虽然常

一切
都会过去。
人生
本就痛苦。

说“活着就要幸福”，但有时候也会问自己，一定是这样吗？有人告诉过我们一定要这样吗？有人说过人生中不能有痛苦吗？妈妈可以再次肯定地告诉你，在这个世界上，每个人的一生都会经历痛苦。

没有人不经历痛苦。其实痛苦本身并不可怕，可怕的是因为我们不希望自己的人生经历痛苦所产生的执念，这会让我们痛苦万分。妈妈在领悟到这一点之后，就轻松了很多。妈妈现在还在发低烧，腰也疼，嗓子也火辣辣的，不舒服。大概是这几天过于疲劳，有些感冒。但是，我有阿司匹林，也有暖和的被窝。而且我相信这一切都会过去。拥有这样的智慧，我才不会愚蠢地认为这样的痛苦绝不能发生在自己身上。所以，今晚妈妈非常幸福。我也想把这份幸福传递给你。好啦，蔚宁，晚安。

第二十四道菜

不要因为悲伤忽略了整个人生

热乎松软的法式煎面包片

二十岁那年，妈妈偶然看了一部关于光州事件[①]的纪录片。光州事件在国内被视为禁忌，妈妈看的是外媒拍的一部纪录片。在韩国国内被噤声的事件，外媒却能将其制作成纪录片，这本已让人非常震惊，然而纪录片中所拍摄的场景更是给我带来巨大冲击。看那部片子的时候，好像是四月的某一天吧。

大家挤在前辈昏暗的房间里看纪录片，看完走出房间来到街上。四月，金灿灿的阳光照在柏油路上，被路面反射回来的光线有些刺眼，但我却觉得这个世界如此黑暗，令人害怕。那个时候，我整个人好像被冻僵了。因为这部纪录片，我的人生被分为了观看前和观看后两部分，而且我明白再也无法回到观看这部纪录片前的时光了。很久以后，妈妈在采访中偶尔会被问到："在您的人生中，什么事情给您带来的影响最大？"妈妈经常会讲起这件事。

"对，光州事件。二十岁那年，我了解到了这件事的真相，从此以后我就明白，我的人生再也无法回到从前。"

① 1980 年 5 月 18 日至 27 日发生在韩国光州，是一次由市民自发组织的民主运动，但最终遭到全斗焕政权的镇压，造成大量平民和学生死伤。

无法理解的几个偶然和机缘

在去年复活节前的濯足节，妈妈像往常一样，准备动身去修道院，在那里度过复活节前的圣三日。妈妈的一个后辈说要一起去，所以让她先来家里，我准备了一道简单的意面，打算一起吃完再出发。我抽空上网搜索了一下新闻，看到了“岁月号”沉船事件。说是船体触礁，大家都穿着救生衣，船上的人员全部获救。当时我觉得又不是飞机出现事故，只不过是客轮而已，现在类似的事情很多，应该没有什么问题，所以简单祈祷了一下，然后动身去了修道院。

在修道院的时候，我没有上网，也没有看新闻，却能感受到空气中弥漫着一种凄冷的气氛。虽然没上网，但是也听到了一些相关的消息，说船上的乘客并没有全部获救，孩子们生死未卜，等等。这些消息让我一时间无法形容我们的国家，一种凄惨哀凉的感觉涌上心头。我第一次度过了一个如此让人心情不悦的复活节。

过完了那个凄凉郁闷的复活节，妈妈就匆忙地赶去了英国。在那儿有两个活动要参加，差不多待了一个月。那段时间，妈妈会时不时地通过网络了解国内的情况，那些不能发生、不该发生的事情的的确确还是发生了。有一天，妈妈鬼使神差地在SNS上发表了这样一段话：

“大家都在质问为什么没有救孩子，但其实，也许一开始就没有打算去营救，所以才会接连不断地发生这么多奇怪的事情。”

其实妈妈在写这段话的时候，丝毫没有夹带个人的情感。作为一名作家，偶尔说出一些漫不经心的话，但是在别人看来，却成了作家有意的编造。这一点让我觉得很无奈。

当然，妈妈现在也不太明白。在生活中，那些真正不幸的事情和真正能让人欢呼雀跃的开心事中，往往夹杂着一些我们无法理解的偶然和机缘。我们必须要承认这一点。人生中总会有一些不可抗的因素。但是当事情发生以后，把它当作人生的宿命被动地接受，跟主动探究其本质和产生的原因，是两种完全不同的状态。有些人在公共场所缄口不言，而背后却满腹好奇、说三道四。每当看到这些人，我脑海中就会想起光州事件。很奇怪，这两种情况给我留下的印象竟然如此相似。妈妈已经过了知天命的年纪，虽然现在不愿意去想，自己的人生又因为“岁月号”事件被一分为二，但事实却无法回避。对……是这样的，就是这样。

一觉醒来，疑惑又像毒蘑菇般从脑海中冒出来。到底媒体都报道了些什么，而政府对这件事又持有什么样的态度，这一切都无从知晓。那段时间，妈妈又经历了人生中的一次重大考验，你也知道，就是妈妈一直养的两只小狗夏天和冬天，突然走丢了。

人们丢失了小狗，会竭尽所能地去寻找。当自己的爱犬丢失，人们会因此饱受折磨，甚至心力交瘁，痛苦不堪。妈妈当时痛哭流涕，像疯了似的，但想到“岁月号”的那些父母，我的心情才

得以平复。仅仅才养了两年，仅仅只是丢失了小狗，我就无法承受这样的痛苦，让生活变得一片混乱，而那些失去孩子的人们……啊，我简直不敢想象。

不要忘记生命中的一角

靠着长久以来的信仰，我才勉强缓过劲儿来。那个时候，我明白了一个道理，虽然悲痛本身是无罪的，但是我们不应该一味沉浸在悲痛中，从而忽略了整个人生。这或许就像遇难者们的决心，即使被巨浪卷走，也绝对不能丧失意志。看到“岁月号”遇难孩子的父母在哭泣，我却无能为力，只能默默地陪他们一起流泪。

这次的复活节之后，要比上次那个充满苦难的四旬节（复活节前四十天）更可怕。因为四月十六日[①]快要到了，而且我还患上了十几年都没有患过的重感冒。

生病期间，我又思考了很多。有些人在生病卧床期间，会经常做祷告，偶尔还会写一些诗，以前看到这些的时候，总会想：

“反正躺着也没事儿干，当然可以多做一些祷告啊，看看书啊，或者做点别的什么。”

① 2014 年 4 月 16 日，韩国“岁月号”沉船事件发生的日子。

现在看来，这种想法真是荒唐可笑。事实上，当你卧病在床的时候，一个简短的祷告对你来说都非常困难。为什么？因为痛苦啊。一个简简单单而又真真切切的理由。有人曾经说过："痛苦归根结底是因为太专注。"要不然，人们也不会说"沉溺于"痛苦之中了。妈妈决定不再因为夏天和冬天的丢失而萎靡不振，在经历那场"不值一提"的感冒之后，所有的一切都释然了。啊，这或许就是痛苦的分量吧。原来痛苦的力量是如此强大！想想自己曾经对那些在痛苦中挣扎的人的轻视，请宽恕我吧！

生病吃药的时候，必须先吃点什么垫垫胃，妈妈这次生病的时候做了法式煎面包片，就是你们小时候，妈妈经常给你们做的那种。一说烤面包片，好像就有一种硬邦邦的感觉，其实不然。

先取出两片已经买了一段时间的（存放在冰箱里的）面包，然后准备一个鸡蛋、半杯牛奶、一两勺白砂糖、半小撮盐，还有桂皮粉（有的话最好，没有就省去）。首先准备一个像汤盘那样稍微深一些的大盘子，打一个鸡蛋，再倒进半杯牛奶，然后用餐叉搅拌均匀。再加入一些白砂糖。一勺的话，味道会稍微淡一些，如果喜欢吃甜一些的，可以倒入两勺。

妈妈做这个的秘诀在于食盐。加入半小撮食盐（多一些也可以），味道会变得非常妙。你知道吗，当咸与甜这两种相反的味觉碰到一起的时候，反而能提升彼此的味道。所以，法式烤面包片虽然是甜的，但甜味中会夹杂着一丝似有若无的咸味，这就是它味道的出彩之处。两种味道相得益彰。接下来，把硬邦邦的面包片浸泡在稀稀的液体中，一次肯定是浸不透的，多翻几次就可以了。也可以在盘子里多泡上一会儿。

把平底锅稍微加热，放上黄油。没有黄油的话，食用油也可以。把浸泡好的面包片放入锅里，来回翻几次。如果想更多地保留面包的味道，就不要浸泡太久；如果喜欢比较松软的口感，那就把面包浸透。面包片煎成金黄色时就好了。这个时候，面包非常松软，用锅铲把平底锅里的面包沿着对角线切开，然后再切成三角形，接着把面包盛放到盘子里，最后再撒上些许桂皮粉……

在寒冷的雨天，或者想吃些温热松软的东西，但又没什么可吃的时候，最适合做煎面包片。你们小的时候，妈妈经常做这个给你们当作辅食。它既温柔又松软，介于粥与面包之间。

每一个瞬间都值得珍惜

昨天觉得感冒稍微好些了，就去了一趟花市，买了些一年生植物，打算种在我的小院里。说来也怪，随着年龄的增长，关心的东西也在发生变化，从人到动物，从动物到植物，从树木到花朵，而其中最喜欢的就是一年生植物。或许是因为妈妈年纪大了，觉得应该做好离开这个世界的准备了。不，跟这个比起来，也许是妈妈更想放下对这个世界的贪念，放下那些本不属于自己的东西。

我曾说喜欢羊草这类的植物，因为它会随着凋谢的花儿一起枯萎。就像法式煎面包片中的糖和盐，两种看似矛盾的味道，不仅没有相互妨碍，反而让彼此的味道更加出彩。人生的虚无与生命的珍贵，好似一对矛盾的存在，但实际上这两者并不冲突。正是因为人生如寄，变化无常，我们才要珍惜生命中的每一个瞬间，不管是对自己，还是对他人。我们必须要向那些浪费别人时间的人反复强调这一点，让他们明白生命的珍贵。

蔚宁，在手腕上系上黄色丝带[①]，挂上哀悼的旗子，这些行为都是难能可贵的。为了抚慰他人的伤痛，默默地挂上旗子，这归根结底也是为了自己。上次你对我说："妈妈，人都是自私的，只考虑自己，根本不关心别人的痛苦。"蔚宁，其实并不是这样的。对别人的痛苦漠不关心的人，其实也不关心自己。他们不懂得人生，只是浑浑噩噩地度日。面对别人的痛苦，可以残忍地

①韩国"岁月号"事件发生后，人们在手腕上系上黄丝带，以此祈祷失踪者平安归来，被称为"黄丝带活动"。

视若无睹，其实这样的人非常可怜。在形影相吊的夜晚，他们甚至会遭受自己灵魂的嘲讽。

今晚，为了所有伤痛的人们，让我们把心连在一起。即使能为他们做一份这样的煎面包片，那也心满意足了。

第二十五道菜

为了不随意地说出“对不起”

胃不舒服的时候，来份鱿鱼汤

对不起
谢谢

上了年纪，得一次感冒就迟迟不好。这或许是上天对我的考验，希望我能变得更加谦逊，妈妈想着这些才勉强挺过来。妈妈总是说难受，却又始终不去医院，所以你弟弟就催促我："快去医院吧。"妈妈告诉他，没办法去医院，因为连洗澡的力气都没有。听完这些，你弟弟一脸疑惑地问："这是什么道理啊？"十七岁，一个似乎无所不知的年龄，面对这样的少年，我该如何向他解释呢？

滑稽可笑的安慰时间

即使阔步走在街上，或者在烧酒铺和朋友们大声说笑，也没有几个人能认出妈妈来。你知道吧，这可是妈妈引以为豪的事情。只是当我递给别人证件时，他们看了我的名字，接着审视一下我的脸，然后才开始说："您是不是……"当然，在机场或者街道办事处这样的地方并无大碍，但在医院、法院、房产中介、警察局这些地方，常常会让人觉得尴尬。

上次感冒也跟这次差不多，一直迟迟不见好，太痛苦了，就去了趟医院。护士立刻就认出我来："天哪，老师，见到您真高兴。"

因为是社区医院，妈妈是直接穿着家居服去的，突然遇到这种情况，让我觉得很不好意思，有些手足无措，更何况还是在坐满了感冒患者的候诊室。我开始很担心如何跟医生客套寒暄。如果医生让我掀起上衣，用听诊器听诊的话，又该怎么办。所幸的是，医生只是看了看我的嗓子，然后给我开了些药。

去了药房，里面坐着两位药师。他们看到我兴奋地说："哎呀，老师，您得常来啊。我可是您的粉丝呢。"天哪，这应该不是让我经常生病的意思吧。当时我就狠下决心，吃了这个药，一定要快点儿好起来。可是顽固的感冒却迟迟不好。等家里的药吃完再去医院的时候，我先把自己好好收拾了一下，洗了澡，吹了头发，还特意做了波浪卷。但是这次生病，我却连洗澡的力气都没有，更别说收拾头发了，我宁愿这么忍着，躺在家里。然而病情却一点点地加重，天也黑了下来，没办法只得去了大医院的急诊室。

你想想，妈妈当时一直痛苦地呻吟着，样子能有多好看呢？但是这次更夸张，坐在医院急诊挂号室的那位看到我就喊："啊，老师，见到您真高兴！"这句话一下子招来了众人的目光，比社区医院要多上二十倍。然后他又接着说，"我还读了您刚出版的游记。"当时的场景真是让人尴尬啊。

说到这儿，我突然很好奇，咱们国家的国民不知什么时候开始这么爱读书了。

有两件事让我一直记忆犹新。第一件事，我也曾写在《一根很轻的羽毛》那本书中，当时妈妈刚剖腹产下你弟弟，赤身裸体、只盖着一床单被躺在病床上，刚醒过来，几个小护士就跑进来："那位就是作家老师吧？啊，请给我签个名吧。"这还不够，又冲着外面喊，"大家快来啊，真的是孔枝泳作家！"现在想起来，这件事还如同噩梦一般。护士蜂拥而至，你可以想象一下当时的场景，更何况那还是我们国家最大的医院。

还有一件事，就是去法院办理离婚手续时，被那儿的职员索要签名的事情。面对这样的要求，本来哭得很凶的妈妈瞬间觉得有些荒唐。那位职员看着我啼笑皆非的表情，竟然很真诚地对我说："我也知道，现在不该向您要签名，但是您想想，错过了这次，我什么时候还能这么近距离接触到您呢？"我哭了一会儿，想了想那个人说的话，觉得也有道理。签完名，我竟然破涕而笑。当时我觉得，或许上天是为了安慰我，才有意安排了这样一件滑稽可笑的事情。

以前妈妈很不理解，为什么你去健身中心之前，都要先洗个澡，还要精心地吹吹头发。当时你是这么说的："万一在路上或者在健身房里，遇到帅哥该怎么办呢？"现在，妈妈表示百分之百地理解。

病后的料理

妈妈是不是太啰唆了？唉，反正病了两周后，一点胃口都没了，而且全身乏力。按理说，每天食欲不振，体重应该会下降点儿吧。但实际上，为了吃药，每天必须要保证一日三餐，体重不但没减，反而增加了一些，加上消化不好，整个人都水肿了。所以妈妈就煮了鱿鱼汤喝。现在这种汤不常见了，以前都把它叫作“鱿鱼什锦汤”。

我们偶尔会发现一些美食，跟价格比起来，它们的味道会远远超出你的预期，让人心存感激。对我来说，香菇和鱿鱼都是如此。它们具有一种独特的味道，是其他任何食物都无法替代的，而且物超所值。妈妈非常喜欢吃鱿鱼，总会在冰箱里冻上两三条。肚子饿了，可又没什么可吃的时候，妈妈就会把鱿鱼放在热水里焯一下，然后直接蘸着辣椒酱吃。或者再放上一些青菜，稍微翻炒一下，做成盖饭吃。今天，我们就先来做一个鱿鱼汤吧。

按照五分钟之内完成的原则，我们来做鱿鱼汤。要准备的食材有萝卜、鱿鱼、葱、蒜泥，还有辣椒酱。首先按照平时煮萝卜汤时的大小，把萝卜切成四方形的薄片，切一小把左右（你可以自由决定）。然后取出一条鱿鱼，你喜欢怎样吃，就切成什么样。往锅里倒入一些水，大概煮两包泡面所需的量（两碗水左右），接着放入切好的萝卜，再加入半勺辣椒酱，然后把水煮开。等到水煮沸以后，放入适量的鱿鱼、葱、蒜泥（大概满满一茶匙的量），煮一会儿就可以了。如果味道比较淡，不用再放辣椒酱，可以稍微倒上一些小银鱼酱汁或者天然调味料。等到汤煮开一次之后，就可以享用了。你会惊奇地发现，这个汤特别清淡爽口。胃不舒服或者吃了太多油腻的东西，这时候喝上一碗，心里会特别舒畅。在喝酒后的第二天喝也非常合适。

接下来再看一下炖鱿鱼汤。不知道你会不会嫌炖汤太复杂，但是味道的确很棒。只要有一份炖鱿鱼汤就够了，其他的配菜都不重要。

首先把最重要的材料准备好，鱿鱼，约一个拳头大小的剁碎的猪肉，姜粉或两撮儿姜末，还有茼蒿，这些材料都是必不可少的。另外，再准备一些葱、大蒜、洋葱、萝卜、胡萝卜、水芹菜、南瓜之类的，家里有什么就放什么。你可以把它当成一种火锅。

准备一个扁平的焖锅，放入切好的鱿鱼，然后将洋葱或萝卜、猪肉用姜粉拌好，放置在锅的一侧，放上满满一饭勺的辣椒酱，然后根据自己的喜好撒上一饭勺左右辣椒粉。可以再放上一些碎葱、蒜泥之类的。如果没有煮好的银鱼水或者海带水，就直接倒进去三碗清水，把水烧开。等到水煮开以后，尝一下味道，然后加入适量的盐或者酱汁，或者再加上一些水。在享用之前，可以稍微撒上一些茼蒿。

猪肉和生姜，鱿鱼和茼蒿，怎么说呢，就是一种难以言喻的美妙组合。用这种汤来拌饭吃，味道很不错，不过，如果加入刀削面或者乌冬面，那味道更是妙不可言。刀削面和乌冬面当然要煮熟之后再放进去。那种香辣的味道最能勾起人们的食欲。如果

如果用一句话来简单概括，

那就是：“此时、此处和我！”

此时此刻，我只存在于此处，

而我能够改变的也只有自己！

觉得麻烦，也可以在锅里加上一点水或者肉汤，然后直接把方便面放进去，味道也非常不错。

此时、此处和我

对了，我的女儿，上次妈妈就想和你聊一聊关于混淆“对不起”和“谢谢”的话题。仔细观察的话，你会发现，一般女性经常会说对不起。妈妈也是如此，而且常常把这句话跟“谢谢”混为一谈。把“谢谢”和“对不起”混淆使用的现象背后，往往隐藏着一种心理：“我本来没有资格享受如此的待遇……”

妈妈三十来岁接受心理咨询的时候，医生曾经给我布置一项与此相关的任务，要求我在乘坐出租车快要进入小胡同的时候，绝对不能对司机师傅说，“师傅，对不起，请走那条路”。很可笑吧？说是做精神分析，却给我安排这样的任务。

第二天，我像往常一样，坐上出租车回家，当出租车开到家门口的小胡同时，我对司机师傅说：“师傅，那个……”为了忍住不说出“对不起，不好意思”，我竟然急出一身汗。原来改掉一种无意识的习惯竟会这么困难。想想看，一个三十几岁的女人看似在毕恭毕敬地跟出租车司机讲话，但满身大汗的那一刻，我明白了，这并不是什么谦逊，而是一种无意识的严重焦虑症。所以从那以后，我就咬牙坚持，不让自己随意地说出“对不起”。

那个时候，当我的无意识和有意识交织在一起，你知道发生了什么吗？如果说话的时候不加上“对不起,不好意思”这样的话，我就会莫名地恐慌，觉得对方可能会揍我（可笑吧？说起来，还是因为无意识），或者冲我发火。现在回想起来，那只不过是一个很小的习惯，要改掉它却得付出这般的努力。任何时候都是如此，我们无意识中养成的习惯，在你试图改掉它们之前，总是会让自己先陷入极度的恐惧，然而在成功改掉之后，会发现那其实根本算不了什么。现在根据具体情况，我偶尔也对司机说：“不好意思，师傅，请走那条胡同……”如果说有什么不同之处，那就是我不会再被“无意识”驱使。

妈妈现在已步入人生的后半段，年轻时就听过很多美言佳句，读过不少经典名著，也在一直践行着这些美丽的人生箴言。如果用一句话来简单概括自己的人生所感，那就是：“此时、此处和我！”此时此刻，我只存在于此处，而我能够改变的也只有我自己！

你会因为朋友而感到伤心吗？你说过多余的抱歉吗？这些都没有关系。但是你可以从这些后悔中学到一点，就是你的抱歉背后蕴含的东西。你可以尝试做个练习，想出十几个可以代替“对不起”的词来。觉得很惊讶吗？但的确如此，没有尝试就不会有成功，这是真理。即使偶尔会失败，也不用在意。好了，今天我们就用清爽而鲜辣的鱿鱼汤来抚慰我们受伤的胃吧，吃完后记得

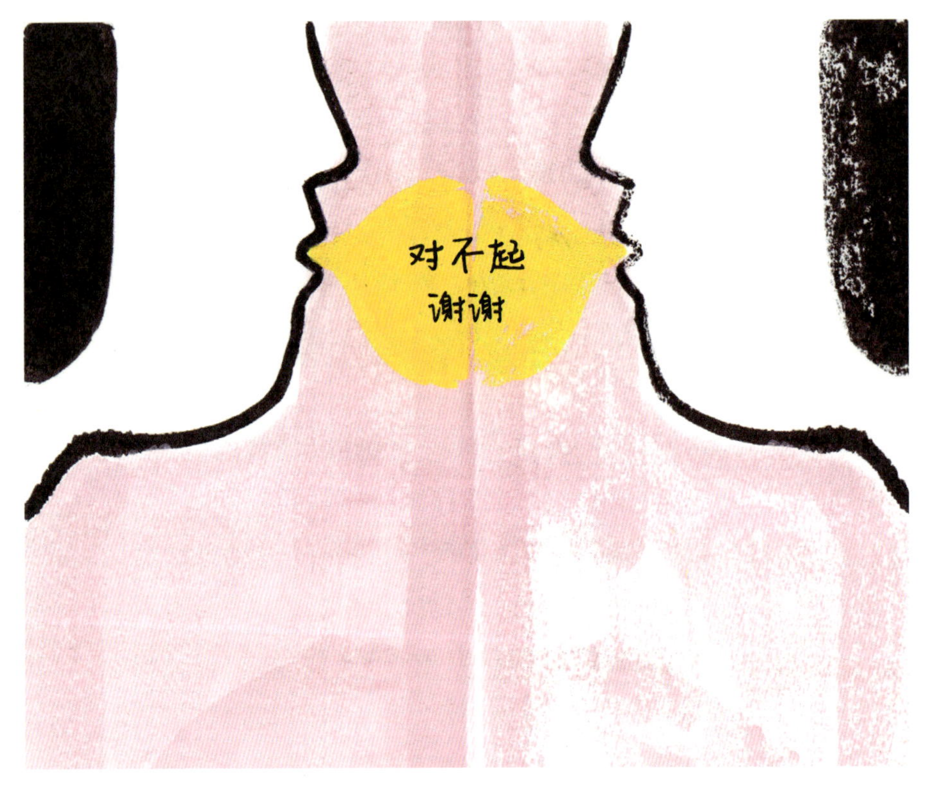
对不起
谢谢

来一杯清香四溢的茶哦。

下雨天的傍晚，妈妈总会点上几根香气宜人的蜡烛。啊，度过了如此美好的一天，明天又会是一个崭新的开始。你和你的朋友，都将会焕然一新。

今晚妈妈想送给你一首诗，诗人高银的《复活》。你看看诗中对鱿鱼的描写。每次只要一想起鱿鱼，妈妈的脑海中就会浮现这首诗。自由、智慧和本能……哇哦，诗人们果然很了不起。好了好了，今天就这样说晚安吧。

苍茫的东海啊
天空、大地和人们都在沉睡
海岸上的蟹壳相互碰撞
留下几处碎屑

昨夜白云哭泣
而今日晨曦照耀
每一个蟹壳又长出了新肉
冒出两只小眼睛
它们吐尽了孤独的泡沫
一起爬出东海的海岸

蟹啊，蟹啊
快爬出来吧
爬向大海深处的海底
去啃噬那些无比沉重的暗礁

疼痛的大海
掀起了一阵阵波浪
它们闪耀着光芒
疼痛着、震怒着
泛起一个个爱的浪潮

天空、大地和人们都醒来了
他们也长出了鲜活的血肉
召唤回自己的灵魂
如同秋日里逝去的生命又重获新生

在东海岸的三陟、注文津、洛山寺
散落着的鱿鱼啊
焕发出新的活力在水中畅游
你们充满了自由和智慧
沐浴着郁陵岛、独岛和海潮音的阳光

这个国家的亡灵们
那些死后居无定所的孤魂们啊
如此哀怜地获得重生
深爱着东海畔月夜下的一粒粒沙

你们是白衣民族
牵起手来共舞一曲强羌水越来
苍茫的东海啊
让我们把锣鼓敲起来吧

第二十六道菜

不去了解自己的代价

期待有客人来的日子，来份新鲜的包饭

回想起来，其实那个时候已经有些迟了。三十二岁的我从出生以来，第一次开始思考人生，第一次想知道自己的人生为何会过得如此这般。妈妈每天就像睡在盐袋子上一样，浑身都火辣辣地疼。那是在我三十来岁的时候。

后来妈妈明白了，正因为之前从未想要认识自己、了解自己，才会付出如此惨痛的代价。想想你的年龄，忽然意识到，现在也应该跟你聊一聊这些事情了。

是啊，那个时候，妈妈确信很清楚自己想要什么，自信到甚至可以盖个章、立个保证书的程度。当时的愿望很多，希望遇见个好男人，建立一个幸福的家庭；成为一名小说家；生个宝宝，让他健康快乐地成长；希望自己的工作顺利，又能照顾好自己的家庭；能够经常和爱人一起甜蜜地聊天，一起看书，一起学习；尽可能不到外面吃饭，买有机食材，亲手为自己和家人做饭，等等。

无眠的夜晚，无奈的孤独

现在回想起来，也不能说当时的想法有什么不妥。只是我当时的想法太大众化了。归根结底，还是因为不了解自己。一边想让自己的生活与众不同，一边却用世俗的（女人的？）幸福标准来衡量自己。或许这就是我最大的错误。

仔细想想，其实我并不适合结婚，所以也无法胜任妻子和母亲的角色。只因为是女人，就一定要听（不值得尊重的）男人的话，顺从男人（哪怕是假装顺从）；心甘情愿地在男人背后做个贤内助（而且还是在年轻的时候），全心全意地照顾孩子，做个家庭主妇；每天用同样的餐具准备饭菜，然后洗刷干净，放进橱柜，第二天再取出同样的餐具准备饭菜，洗刷干净，放进橱柜，日复一日。很多女人都是从这种无休止的重复中寻找人生的意义，但我却不属于这一类。我会因为无法做好这些事情充满负罪感，我讨厌这样。

虽然性格如此，我却没有认真思考过自身与愿望之间的背离，最终还是随波逐流，选择了在世人看来美好的婚姻。显然，幸运并没有降临，所以妈妈现在又回归单身了。不过，随着年龄的增长，感觉单身还真不错。你知道吗？一个人的孤独并不可怕，两个人在一起的孤独才令人窒息。

如果你是因为孤独而想要结婚，那么妈妈会劝阻你。因为即使躺在同一张床上，彼此相拥而眠，人们也绝对无法摆脱孤独。一生之中，躺在同一张床上，彼此相拥而眠的日子，能有几天呢？相反，躺在同一张床上却无法入眠的夜晚，当他背对着你，呼噜连天，此时孤独就会向你涌来，这就是妈妈说的“让人无奈的孤独”。

如果你是因为想为某个人洗衣做饭，因为喜欢“过家家”，才想要结婚，妈妈还是要劝阻你。对于女人来说，结婚是件辛苦的事情。你要承担每天所有的家务，即使你生病不舒服或是伤心难过，甚至觉得快要死掉了，你还是要做这些家务。而且，你全心全意地做了这些，也很难得到赞扬或者回报；相反，如果不被批评，你就算得上成功了。结婚以后，妈妈每天就像“有人在背后用枪指着似的”，累死累活地承担着所有的家务，可还是会遭到各种责怪。妈妈当时真的快要气疯了。说实话，妈妈现在也没有觉得当时该在做饭和收拾家务上花费更多精力，只后悔“为什么要那么累死累活地做饭，收拾家务”。

你也知道，十三年来妈妈每个月都要和死囚犯见一次面，妈妈没有办法为他们准备丰盛的饭菜，每次见面都是简单地煮点咖啡，做一些三明治。可是大家却给我很高的赞美，说不定还要给我发个奖状。而一个结婚三十年的女人，要伺候婆婆，为婆家人做饭，要养育孩子，空闲的时候还要出去挣钱，可是结果呢？如果婆婆患上了老年痴呆，或者卧床十年，也许能得到别人的称赞。蔚宁啊，这就是现实。

只要和你在一起，我就充满了自信

偶尔一起做来吃的料理

偶尔，妈妈会期待有客人来，就是想做新鲜包饭吃的时候。不管叫谁过来都太麻烦（住在同一个小区自然很好，但是现在大家住的地方都比较分散，去谁家一般都得一个小时），自己吃的话，量又太大。“新鲜包饭”是妈妈非常喜欢的一道料理，名字也是我起的，它原来的名字叫“LA 紫菜包饭”。我不喜欢它原来的名字，所以就这么叫了。它和普通的紫菜包饭不同，几乎不用油，非常清淡。

首先要准备的食材有煎鸡蛋、香肠、腌黄萝卜、拌泡菜（妈妈之前做泡菜拌面的时候说过，一定要先把泡菜里的水挤出来，再放上酱油、白砂糖、香油、芝麻等，用手抓拌均匀），等等。只要是能放进紫菜包饭里的食材都可以。不过，妈妈喜欢有点特别的食材。如果紫菜包饭的主料是金枪鱼，那么首先应该准备这些食材：新鲜的苏子叶，当然还要有稍微烤过的包饭用的紫菜，切成二分之一大小，金枪鱼刺身，萝卜芽或者黄瓜条。

准备一个漂亮的大碟子，放上洗净控干水的苏子叶，旁边摆放上萝卜芽或者黄瓜条，然后再在旁边放上适量的金枪鱼刺身。这样就准备好了。在小碗里放入一些辣根或者芥末，再稍微倒上些酱油。将米饭蒸到软硬适中的程度，趁热倒上一点点（似有似无的量）香油和盐，然后搅拌均匀。

这道料理的特点就是，不会让人觉得热。

做的人和吃的人，都会觉得很清爽。

来客人或朋友时，可以一边聊天一边准备，

主人也不会很辛苦，真的非常棒。

孩子们也会很安静的，因为都在认真地包饭呢。

大盘子放在桌子中间，然后把其他盘子摆好。首先，将紫菜铺在盘子上，在上面放上苏子叶，再放上米饭，然后把金枪鱼、萝卜芽或者黄瓜条放到米饭上，用茶匙倒上少许辣根或者芥末酱油，卷在一起吃就可以了。既不是寿司，也不是紫菜包饭，真的非常清淡，非常美味。吃的时候配上拌泡菜也很不错。直接把拌泡菜和黄瓜啊、萝卜芽之类的一起放在苏子叶上，卷在一起吃，味道可不比一流的日式料理差。如果有三文鱼的话，可以搭配一些飞鱼籽，会显得非常高档。来个三文鱼刺身也很棒。如果再有一份酱汤，就更完美了！

闲着无事或者有孩子在的时候，还可以再做些别的。不妨摊个鸡蛋，很简单的。不要把蛋清和蛋黄分开，用餐叉把它们搅拌均匀，然后倒进煎锅里，煎熟以后切成长条状，吃的时候方便一些。还可以选择自己喜欢的香肠，切成大块。妈妈经常会用午餐肉，或者在修道院做的德式香肠。

午餐肉要先用煎锅煎熟，再把腌黄萝卜切成长条。妈妈要特别强调一下牛油果。牛油果被称为“森林黄油”。买回来大概放上一天左右就会变软。那个时候吃味道最棒。把软软的牛油果切开，一起摆放在盘子里。

吃的方法是一样的。把紫菜铺在盘子上，放入苏子叶，再放上煎鸡蛋、香肠、腌黄萝卜（你的弟弟们说，再放上一些生鱼片、黄瓜，然后把它们都卷在一起，这样吃味道更好，但我还是喜欢只用上面这些食材)，再放上牛油果，倒上一些加了芥末的酱油，把它们卷在一起。牛油果细腻的口感与午餐肉、香肠的味道，在口中柔和地融合在一起，最后留下的是鸡蛋的醇香与黄萝卜的清爽。啊，写到这里，妈妈肚子都饿了。

这道料理的特点就是，不会让人觉得热。做的人和吃的人都会觉得很清爽。可能是因为整个过程中很少用油炒或烹制的原因吧。来客人或朋友时，可以一边聊天一边准备，主人也不会很辛苦，真的非常棒。孩子们也会很安静，因为都在认真地包饭。

蔚宁，你肯定会问：“如果想吃紫菜包饭的话，就结婚吗？”

龌龊不堪的人生中，也要有这样的梦想

妈妈是个比较马虎的人，过去也很愚蠢。孩子，你比妈妈明智，而且也很冷静，所以妈妈相信，不管什么时候，你都能做出明智的决定。那什么时候适合结婚呢？大致可以分为这几种情况吧。对自己现在的单身状态感觉非常满意，但是如果跟那个人在一起，也能心甘情愿地做出让步，这个时候，你就可以结婚了。又或者你所爱的那个人，他身边所有的人都非常奇怪，而且还讨厌你，偶尔对你发号施令，或是说一些侮辱性的话（取决于听话人的感觉)，即使这样，但是你太爱他，这些也都可以忍受。这个

时候，你也可以结婚了。

虽然现在为了更好地爱自己努力奋斗着，但只要跟那个人在一起，你就会变得非常自信。你觉得周围所有的人跟你一样，在真正了解到那个人的价值之后，都会对你羡慕不已。当你有这种想法的时候，就跟那个人在一起，即使会早早地分开（离婚也好，死亡也好，或者是其他原因），但是你们一起生活的每一天都会幸福无比。就是这个时候，你也可以结婚了。

意想不到的是，这个世界上还有这样一些人。蔚宁，妈妈好像从未遇到过像他们那样让我羡慕不已的人。妈妈以前也讲过，今天还是要再次引用那位农夫说的话。

“我二十三岁那年在旅行的途中，遇到了一位一见钟情的女人，后来我和她结婚了。一年之后，她去世了。但是直到现在，我仍然为我们一起生活过的一年而感到幸福。”

在这处处需要谨小慎微、龌龊不堪的人生中，我们不妨为自己设计一个梦想：如果无法找到这样的人，那就让我成为别人心中的这种人吧。即使在现实生活中，我们也常常与世沉浮、随波逐流，根本无法思考自己是谁，但如果从未有过这样的梦想，那我们的人生是不是有些悲哀呢？

第二十七道菜

世上所有的人都比我优秀

一杯大酱茶，放空身体，净化心灵

妈妈短期旅行回来了。大概旅行都是那样吧，每天一日三餐，顿顿不落。像往常一样，回来的途中身体水肿，体重也长了一些。不光是这些，回到家后发现，一堆家务活都在等着我，走之前没能解决的事情，依然需要我去解决，要洗的衣服堆积在那里，已经落满了灰尘。

不管什么时候，当妈妈遇到困难时，总会先思考一下。我是否有能力解决这件事，或者是否可以选择逃避。如果我有能力解决或者可以逃避，那问题就简单了，只要努力就可以。但大多数情况都很难靠自己的力量去解决。这个时候，我就需要从内心寻找力量，因为这些问题往往都存在于自己的心里。妈妈这次遇到的就是这种情况。感冒之后，身体变得比较虚弱，而长时间的飞行让我非常疲惫，对所有的事情都感到厌倦，开始变得心烦气躁。唉，要是家里有个保姆该多好啊，但现实却……虽然无比厌烦，但现实就是现实。

放空比装满困难

每次遇到这种情况的时候，我都会努力放空自己。如果能放空心灵，自然是最好的。但事实上，我们无法按照自己的意愿来掌控内心。所以,妈妈选择放空自己的身体。最好的办法就是节食，或者禁食。

妈妈所说的并不是什么都不吃，而是要煮大酱茶来喝。选用较好的大酱，调得稀一些，然后像喝茶一样饮用。其他固体食物一律不吃。如果觉得这样坚持一整天比较困难，那么半天也可以。你也可以再花点儿功夫，把大酱放进用海带、小银鱼或者蔬菜煮的汤水中，调匀之后煮开，就像煮汤一样。妈妈回来以后，发现乡下朋友寄来了亲自采摘的艾蒿，所以今天把艾蒿也一起放进了大锅里。艾蒿的清香加上大酱的香味，真是清香四溢啊。

无论何时，放空都要比装满困难，就像下来往往要比上去难。人们可以好好地活，却很难体面地死去。只有先卸下包袱，才能轻松地下来；只有将体面地死去定为人生的目标，原本龌龊的生活才不会变得更加不堪。

在妈妈的人生中，有几句话曾经改变了我。啊，不是几句，应该是几十句。或许，妈妈已经把那么多句话全都告诉你了。这次旅途中，有一个跟你同龄的女孩子突然问，有哪些话改变了我的人生。

妈妈在前面说过，“多问一问”这

句话让妈妈的人生改变了很多。还有一句话，那就是：

“你试着这样过一天，想象着世上所有的人都比你聪明。”

妈妈性子比较急，而且说实话，从某方面来讲，头脑也算是天生聪明。所以，最初听到这句忠告的时候，我无法理解它的含义。其实生活中的妈妈还是比较低调的，一直把别人想象得比自己更优秀，也几乎很少议论别人。（当然，不能说完全没有，但妈妈基本不会议论别人的是非，啊，我对自己到底有多少了解呢？）但是一瞬间，在乘坐公交车的时候，我突然想起了这句话。司机师傅猛地踩刹车，一种要晕车的感觉向我袭来，就是在这一瞬间。

当时，妈妈不自觉地产生这样的想法：“这个司机的驾驶技术怎么这么差啊？”如果不是那句话，妈妈肯定意识不到自己的这种想法。所以，我努力地对自己说：“人家要比你更清楚，比你更明智。”努力地去想，如果换作是我，在那个位置、那种情况下，肯定会处理得更糟。

只要一天，试着按照那种想法生活

按照那句话，我努力尝试按照那种想法度过一天。你知道那是多么漫长而又艰难的一天吗？到了晚上，我觉得自己快要吐了，心里有一股无名之火，还直冒冷汗。我恍然大悟，原来在此之前，一天之中，我会把那么多人都看成“傻瓜”。大致都是这样的内容。

“那个司机干吗老这么恨恨地踩刹车？”

“那个大叔刚吃完那么油腻的东西，接着就吃冰激凌？”

“那个人好像昨天也喝酒了，他难道有两个肝？”

“那个女人怎么能把裙子和袜子那样搭配？颜色也太不搭了吧。”

“妈妈又说生病了！她干吗总装出一副可怜兮兮的样子呢？”

“丈夫又回来晚了，肯定在哪儿贪杯呢。”

诸如此类。回到家之后，还要想着孩子们也比我优秀，真的累得筋疲力尽了。尤其是当你们这些小不点想做什么的时候，我就想说“哎呀，快放那儿吧，妈妈来帮你弄”，你知道妈妈忍着不说这句话有多困难吗。

这一天，真的改变了妈妈的人生。实际上，承认“别人比自己优秀”，会比想象中困难，但是你会意外地发现，难题竟然迎刃而解了。之前我总是觉得自己应该做些什么，常常会焦躁不安，但是现在变了，即使我什么都不去做，事情也能顺利地进行。我不仅学会了尊重别人，还奇迹般地获得了安宁。很神奇吧？

最重要的是，妈妈变得沉默了。更准确的说法应该是，我的心变得沉默了。我现在才明白，心灵的沉默其实是通往和平和自由之路。但是做到这一点真的很难。我曾经在一本书中读到过这样的内容。

一天早上，那本书的作者在地铁上发现了一个疯女人。那个女人正在自言自语:“啊，火车停下来了。天哪，那个女人竟然穿了件红衣服。那个男人为什么就那么站着，明明有座儿啊……”那个女人就像疯子一样,没头没脑地说着没有条理、毫无关联的话，还没完没了地说个不停。作者从地铁上下来，在去往学校办公室的路上突然醒悟:那个疯女人其实就是自己啊。因为那个女人发自内心的无休止的唠叨，其实也正是自己内心所想的。那个疯女人跟我们普通人的区别，只是在于是否把内心的想法从嘴里说出来。

这次的领悟让妈妈深受打击。偶尔意识到内心这种没完没了的唠叨，会把自己吓一跳。所以不知从哪天起，妈妈开始冥想。妈妈信仰的天主教也非常重视这种沉默。沉默，完全的沉默。

而想顺利地做到这种沉默，就需要承认“别人都比我优秀”。在你中止那些不必要的干扰的瞬间，沉默就会变得轻而易举，也将使我们获得自由。也只有沉默才能够让我们变得强大，拥有不受外界环境和他人干扰的力量。

每当听到人们说“要谦虚”这句话，我心里都会想:“嗯，非常好的一句话，毫无疑问是美言佳句。”虽然明白所谓的谦虚就是承认别人比自己优秀，由此才能获得沉默，才能阻挡每天外界带来的各种干扰，才能获得自由，但妈妈明白这个道理之后，还是不禁感到战栗。

经历过生活中的酸甜苦辣

蔚宁，其实要想承认“别人比自己优秀”，首先必须对自己有足够的自信，否则就很难实现。是不是很神奇？而要做到真正的自信，就需要你在平时的生活中好好地对待自己，爱自己，尊重自己。这样一来，妈妈的话又回到了原点：“你自己，现在的这一瞬间，你存在的此处！”这是你人生中最重要的东西，一定要珍惜！

孩子，食物能够为你的身体、你“灵魂的家”提供必要的营养元素。正如爱家的人不会让有毒或者有害的东西侵袭自己的家，你也应该只把有益的东西带给你的身体、你灵魂的家。如果不得已吃了有害的东西，那就更应该感谢那些没有它们的时光。这就是妈妈想给你的所有的东西：此时，此处，你自己，还有爱和感恩。

妈妈希望在离开人世之际，能够彻底领悟。现在虽然也时常会有痛苦，却能提前找到一些可以稍稍改变现状的良药。对此，妈妈已经学习了二十年，也只能领悟到很少的一点！只是刚有一些感悟而已。有时候也会很好奇，这种痛苦会将我带往何处呢？这二十年来一直挣扎于痛苦之中，喊着“不要！我不想要痛苦”，结果只是让痛苦变得更加复杂，更加漫长。

蔚宁，生活是不公平的。生活也不是只有和平与幸福。但神奇的是，在我们经历了这些之后，生活将向我们展现它神秘的另一面。你可以想象一下，就像那些去攀登喜马拉雅山的人们，有些人会问:“这里为什么这么冷？”“氧气为什么这么稀薄？”“啊，到底什么时候才能到夏天，我们才能穿上短袖呀？”而对于那些早已做好准备的人们，喜马拉雅山展现在他们眼前的是神秘的千年积雪，还有远方蔚蓝的天空。

蔚宁，你现在已经独立了，或许不久之后还会组建一个新的家庭。孩子，妈妈为你加油。就像妈妈一直所说的，生活属于那些珍惜自己人生的人。妈妈知道，一直以来你都在努力，努力成为这种人。所以，那些小失误、那些失败，还有那些无休止的考验，你要把它们看作神的旨意，是为了让你变得更加成熟。今天，一个人静静地喝杯暖暖的大酱茶，听一听美妙的音乐，再读一读美好的文章。即使只有这些，今天也算是成功的一天。对于我们来说，还有什么比这更重要吗?

此时，此处，
我，
爱和感恩。

妈妈的话

已经是二十多年前的事了。

那时候，妈妈第一次到欧洲旅行，刚刚到达布拉格。布拉格广场上全都是年轻人。妈妈当时已经游历了欧洲的好几个国家，不再像最初那样，看到什么都觉得特别新鲜。跟建筑物和自然风景比起来，更愿意去看人，桥上的一群年轻人引起了我的注意。

跟其他年轻的背包客一样，他们穿着简单的T恤和短裤，背着大大的背包，一群人聚在一起。远处依稀传来教堂的钟声，附近的西餐厅开始飘出诱人的香味。一群年轻人围坐在广场的入口处，准备享用他们的午餐。当时，妈妈就站在美丽的查理大桥旁边，漫不经心地看着他们。

忽然，妈妈被他们吸引住了。一位金发年轻人（不清楚是哪国人，看他高大的身材，还有金色的头发，应该是来自北欧国家，或者是英国、德国这些国家），从背包里取出一块白色的方巾，唰地一下子展开，铺在广场的地面上。那个小伙子愣头愣脑的，看着像个冒失鬼。他从背包里拿出一个大大的圆面包，放在方巾上，面包看起来已经变得硬邦邦的了。他身旁的朋友打开一瓶廉价的葡萄酒，摆放在面包旁边。这就是他们全部的食物。

身无分文的年轻背包客，这就是他们的午餐。所谓的食物仅仅是一块硬邦邦的面包和一瓶葡萄酒。他们拿出小刀，切下各自的一份面包，一瓶葡萄酒转了一圈，每人一口润一下嗓子。当时，他们铺在地上的那张白方巾（好像是亚麻布料的）在妈妈看来是那么新奇。对我来说，这是一种非常强烈的文化冲击。就如同第一次踏上欧洲那片土地时给我带来的新鲜感一般。怎么形容呢，说得夸张一些，当时我就觉得，这才是人类的饮食，这才是有品味的饮食。

事情已经过去了很久，但当时那道风景却久久地停留在妈妈心中。不经意间，填饱肚子的食物、简陋寒酸的饮食，还有那块白色方巾，突然都变成了一种文化。好像是在提醒我们，不管贫穷与否，我们在用餐时都要保持自己的品味。此后，妈妈在旅途中都会关注年轻人。有些女学生也会像他们一样，在广场席地而坐，享用寒酸的饮食，她们偶尔还会在简陋的“餐桌”上，点上一次性的小蜡烛。

旅行回来，妈妈把饭桌上的塑料和玻璃制品全都收拾起来。

盘子和碗每天都要清洗干净，餐布也是如此。妈妈每天都把餐布洗干净，然后再换上一块新的。韩国的饮食和西方不同，主要是以汤类为主，餐布往往更容易弄脏，但清洗起来并不麻烦，反正每天也要给你们洗衣服。每次收拾餐桌的时候，就好像是在为它洗澡，给它换上新的内衣，整个人的心情都会变得清爽起来。妈妈偶尔给你们订外卖的时候，即使是炸酱面或者比萨，也会铺上洁白的餐布。这或许是经常忙碌的我能向你们表达的所有母爱吧。

你也知道，因为工作或者外出采访，妈妈常常要一个人旅行。每次出门的时候，妈妈都会在包里装上几个漂亮的纸盘子（网上卖的那种生日时用的纸盘子），还有纸杯或者是轻便的马克杯，以及一次性葡萄酒杯和刀叉（可以在网上的野餐用品店买到），当然还会再装上几支小蜡烛。

旅行的时候，不可能一直在国外的餐厅或者街上用餐，所以妈妈常常到宾馆附近的超市买些食材，自己准备晚餐。妈妈在书中写到的烟熏三文鱼和菠菜沙拉，都是经常做着吃的。妈妈把从超市买回来的食材适量地装进漂亮的盘子里，用小酒杯倒上一杯葡萄酒，再摆上几个水果，点上蜡烛，尽情享用一个外来游客的奢华晚餐。而且，每个国家的超市里都蕴含着这个国家的文化，作为一种文化体验，逛超市也是非常有趣的。篮子里的烟熏三文鱼也有了一种异国风味。

当年你毕业之后开始工作，说要一个人生活的时候，妈妈最担心的自然是你的吃饭问题。幸运的是，妈妈去看你的时候，你做了一桌美食，比妈妈做的还要漂亮（嗯，其实应该说是拿现成的摆了一桌更准确）。不过，看到你能听从妈妈的叮嘱，认真地对待自己的饮食，妈妈真的很开心，也很欣慰。

当然，妈妈有时候也想随便对付一下，简单吃一些质量不高的快餐食品。如果是自己特别想吃另当别论，但有的时候只是觉得麻烦，想简单对付一下。仔细想一想，妈妈现在才明白，那个时候其实也是妈妈前半生的力气快要耗尽的时候。饮食就像一个标尺，时刻警示着自己，因此每每遇到这种情况，妈妈都会努力振作起来。如果我的人生是由无数个马赛克组成，那么，饮食以及进餐的前后就是那无数马赛克中的一小块儿。

蔚宁，讲了那么多，其实妈妈真正想告诉你的是，你是这个世上最珍贵的。即使你因为太忙碌连续吃了几天的方便面，或是因为没有钱，在妈妈离开许久之后，仍然没能做一顿新鲜可口的饭菜,但是你依然是最珍贵的。你一定要永远爱惜自己,珍重自己。不管什么食物摆在面前，你都应该心怀感恩，微笑着美美地享用。立于更高的境界去看待自己的人生，不要执着于生活中的每一部分。就算今天的食物并不美味，今天选择的菜式并不成功，对于人生而言，又有多大的损失呢?

如果觉得不幸福，就仔细想一想。想想自己到底执着于什么，常常与他人进行比较的又是什么。你们在成长的过程中，都有自己特别讨厌的经历。那就是把你们跟其他的兄弟姐妹或者别人家的孩子比较，并为此受到指责。教育学相关的书上也记载着这种行为的不可取之处。其实，偶尔忍无可忍的时候，妈妈也想那样训斥你们，但最终还是忍住了。因为妈妈知道那样做是不对的。然而令人惊讶的是，你们要求父母“禁止比较”，却毫无戒备地将这一条用在自己身上。

所以，你们才经常有这样的抱怨：“别人都是父母替他们做的，而我……”“别人这么好的天气都出去玩了，可我……”“别人都收到了礼物，只有我……”“别人都那么苗条，可以随意地穿上比基尼，但是我呢……”

怎么样，现在明白一些了吗？那个“别人”是谁？从那些叫“别人”的人中，你能给妈妈说出十个人的名字吗？不行吧。妈妈可以断言，根本没有所谓的“别人”。如果有的话，那也是你的假想，是一种综合征，暗示自己“必须那么做”。而且，“必须那么做”的内容并没有什么事实根据，也并非上天的安排。

总之，无论是谁的人生中，不可能只有幸福。只是有些人的人生中，幸福会多一些，而有些人的人生中，幸福会少一些。选择哪一种，完全取决于你自己。

所以此刻，你要睁大眼睛，快点清醒过来。在苦闷加深之前，先调整一下呼吸，仔细思考一下是什么令你苦闷。而深深的苦闷往往会告诉你，你到底被什么束缚。从反方向寻找解决问题的办法，也是人生的一大智慧。妈妈讲过，心累的时候，就从身体开始，其实是一样的道理。难道你不觉得感恩吗？我们现在吃的冰激凌，可是连罗马皇帝都吃不到的，光想想这个，都会觉得我们生活在一个丰饶的时代。

亲爱的蔚宁，妈妈今天买了些黄瓜回来，准备做腌黄瓜。就是你小时候说的“外婆牌腌黄瓜”。当妈妈把煮开的盐水倒在黄瓜上，就想起了小时候的你，你那张嚼着腌黄瓜的小嘴，还有那个时候还很年轻的外婆和我。今年夏天，吃着腌黄瓜，妈妈不知道我们还会留下什么样的回忆。但有一点妈妈知道，吃着美味爽口的腌黄瓜，读着字字珠玑的美文，我们一定会有意想不到的收获。正如妈妈一直都相信自己的人生一样，你也要对自己的人生充满信心，如同漫步一般，轻松地走向前方。但是一定要铭记，这一瞬间就是你人生的全部。

另外，还要记住，你的身体就是你灵魂的家。精心装扮自己小家的人们，又怎么会有坏运气降临呢？即使偶尔会有，也不会带来什么本质性的危害。所以，让我们过好自己的每一天。远在他乡，却彼此思念，这个初夏的夜晚竟是如此甜蜜。是啊，是的，今天依然是美好的一天。

孔枝泳

二〇一五年六月

图书在版编目（CIP）数据

亲爱的女儿 /（韩）孔枝泳著；陈冰冰译 . -- 成都：四川文艺出版社，2020.2（2020.7 重印）
ISBN 978-7-5411-5513-0

Ⅰ . ①亲… Ⅱ . ①孔… ②陈… Ⅲ . ①书信集 – 韩国 – 现代 Ⅳ . ① I312.665

中国版本图书馆 CIP 数据核字 (2019) 第 212146 号

著作权合同登记号　图进字：21-2019-311号

QINAIDE NÜER

亲爱的女儿

[韩] 孔枝泳 著　陈冰冰 译

出品人　张庆宁
责任编辑　王梓画　叶　驰
特邀编辑　翟明明　褚方叶
装帧设计　朱　琳
内文制作　田晓波
责任校对　汪　平

出　版　四川文艺出版社（成都市槐树街 2 号）
网　址　www. scwys. com
电　话　028-86259303（编辑部）
传　真　028-86259306
发　行　新经典发行有限公司
电话 (010) 68423599　邮箱 editor@readinglife.com

邮购地址　成都市槐树街 2 号四川文艺出版社邮购部　610031
印　刷　山东韵杰文化科技有限公司
成品尺寸　147mm × 209mm　开　本　32 开
印　张　9.5　字　数　180 千
版　次　2020 年 2 月第一版　印　次　2020 年 7 月第四次印刷
书　号　ISBN 978-7-5411-5513-0
定　价　58.00 元